EL PROGRESO DEL PEREGRINO DEL PEREGRINO Ilustrado

EL PROGRESO DEL PEREGRINO
Ilustrado

Basado en la obra
El Peregrino
de Juan Bunyan

PORTAVOZ

El progreso del peregrino ilustrado, basado en la obra clásica de
Juan Buyan. Publicado en 1986 por Editorial Portavoz, Grand
Rapids, Michigan 49501. Todos los derechos reservados.

Traducción: Marta R. Pérez

EDITORIAL PORTAVOZ
P.O. Box 2607
Grnad Rapids, Michigan, USA

Visítenos en: www.portavoz.com

ISBN 978-0-8254-1096-3

27 28 29 30 31 edición / año 13 12 11 10 09

Introducción

Durante el reinado de Jaime II de Inglaterra, el popular predicador protestante Juan Bunyan (1628-1688) fue detenido por "llevar a cabo reuniones ilegales y por no conformarse con las ceremonias nacionales de la iglesia de Inglaterra." Como se rehusó a conformarse a las mismas, fue arrojado en la prisión de Bedford en 1660, donde permaneció por doce años.

Satisfecho de sufrir por sus creencias, pasó el tiempo en el estudio de la Palabra de Dios, la cual comenzó a brillar con mayor gloria que nunca. La separación de su esposa y de sus hijos fue para él "como arrancarle la carne de los huesos," y el saber que estaban sufriendo necesidades "casi destrozó su corazón." Sin embargo, se propuso "dejarlos en las manos de Dios."

Mientras el tiempo pasaba en lo que él llamaba "esta cueva de leones," su corazón suspiraba por su congregación quienes eran sus hijos en el Señor. Con la esperanza de robustecer su fe, tomó la pluma, y mientras escribía,

Me hallé de pronto con una alegoría,
Sobre su viaje y el camino hacia la gloria,
Con más de veinte cosas que escribí.
Esto hecho, otras veinte en mi cabeza descubrí;
Y éstas otra vez se volvieron a multiplicar,
Como chispas que de las brasas se echan a volar.

El resultado fue "El Progreso del Peregrino," una alegoría que es conocida ahora como la más famosa del mundo entero. En este libro la vieja historia es presentada en forma gráfica para la instrucción y el placer tanto de niños como grandes.

Soñé que veía a un hombre con una carga sobre sus espaldas.

Caminando por el desierto de este mundo, me encontré en un lugar donde había una Cueva. Allí me acosté a dormir; comencé entonces a soñar.

Vi a un hombre vestido de harapos, dando las espaldas a su hogar, con un Libro en su mano, y una gran carga sobre sus hombros (Isaías 64:6). Miré y vi que abría el Libro y lo leía; a medida que leía lloraba y temblaba. Sin poder contener su pena, lanzó un gran gemido y clamó: "¿Qué haré?" (Hechos 2:37).

El hombre cuenta sus dificultades a su familia.

En este aprieto se fue a su casa y trató de esconder su pena, no queriendo que su esposa e hijos notaran su aflicción. Pero no pudo permanecer silencioso y finalmente derramó su corazón delante de ellos: "¡Oh! mi querida esposa y amados hijos. Estoy en gran dificultad debido a una carga muy pesada que me agobia. Se me dice que esta ciudad en la cual vivimos va a ser quemada con fuego del Cielo. Si somos atrapados en este desastre todos pereceremos, a menos que hallemos antes un camino de escape."

Su familia piensa que está perdiendo la razón.

Su esposa y sus hijos estaban asombrados y asustados, no porque le creyeran, sino porque pensaban que estaba volviéndose loco. Como y se acercaba la noche, le urgieron para que se fuera a la cama, con la esperanza de que un buen descanso lo tranquilizaría.

Está tan inquieto que no puede dormir.

La noche resultó tan penosa como el día. Estaba tan inquieto que no podía dormir y se pasó toda la noche en suspiros y lágrimas.

"¿Cómo te sientes esta mañana?"

A la mañana, cuando su mujer y sus hijos vinieron para preguntarle cómo se sentía, les contestó: "De mal en peor." Luego volvió a expresar sus temores del día anterior, pero ellos rehusaron escucharle.

Le tratan con dureza.

Lo ridiculizaron y lo reprendieron. A veces lo ignoraban completamente.

Se va a su dormitorio y ora por ellos.

Habiendo soportado este cruel tratamiento por un tiempo, volvió a su habitación. Lamentando su propia desdicha y sufriendo por la conducta de su familia, oró a Dios para que tuviera compasión de ellos.

Grandemente afligido, sale a caminar a solas por el campo.

Durante varios días salió a caminar por el campo, a veces leyendo su Libro, a veces orando, pero siempre muy afligido. Al leer exclamaba en voz alta: "¿Qué debo hacer para ser salvo?" Miraba a un lado y otro como si quisiera echar a correr; sin embargo, no se movía porque no podía decidir qué camino tomar.

Se encuentra con Evangelista.

Vio venir hacia él a un hombre llamado Evangelista, quien le preguntó: "¿Por qué lloras?"

El le contestó, "Señor, leo en este libro que debo morir y que después de la muerte viene el juicio. No quiero morir y no me atrevo a hacer frente al juicio."

"Ya que la vida está tan llena de dificultades, ¿por qué no estás dispuesto a morir?" preguntó Evangelista.

"Porque temo que esta carga sobre mis espaldas me hunda más allá de la tumba y que caeré en el Infierno."

Evangelista le da un pergamino.

"Si estás en tal angustia, ¿por qué te quedas aquí?" preguntó Evangelista.

"Porque no sé adónde ir."

Entonces Evangelista le dio un pergamino arrollado en el cual podían leerse las siguientes palabras: "Huye de la ira que vendrá" (Mateo 3:7). Cuando vio estas palabras se volvió hacia Evangelista y le preguntó: "¿Adónde huiré?"

Evangelista le señala la puerta estrecha.

Evangelista extendió la mano y apuntó más allá de la llanura, diciendo: "¿Ves aquella puerta angosta?"

"No," repuso él.

"¿Ves esa luz brillante?"

"Me parece que distingo una luz," le contestó.

Entonces dijo Evangelista: "Fija tus ojos en la luz, camina derecho hacia ella y hallarás la entrada. Cuando golpees a la puerta se te dirá lo que has de hacer después."

El hombre deja su hogar para hallar
la puerta angosta.

En mi sueño vi que el hombre, obediente a las
palabras de Evangelista, comenzó a correr. No se había
alejado mucho cuando su mujer y sus hijos comenzaron
a llamarle para que se volviera. Pero el hombre se
tapó los oídos y siguió corriendo gritando al mismo
tiempo: "¡Vida, Vida, Vida Eterna!" No miró hacia
atrás sino que huyó fuera de la ciudad hacia el centro
de la planicie.

Sus vecinos lo ven y lo llaman.

Los vecinos también salieron para verlo correr; algunos se reían, otros trataban de asustarlo, y aun otros le gritaban que se volviera. Entre ellos había dos que resolvieron traerlo de vuelta por la fuerza. El nombre de uno era Obstinado y el del otro Flexible.

Flexible y Obstinado le persiguen.

Le intiman a que vuelva.

Cristiano, pues así se llamaba el hombre, les preguntó: "Buenos vecinos, ¿por qué me habéis seguido?"

"Hemos venido a rogarte que te vuelvas con nosotros."

"Eso nunca podrá ser," les contestó. "Vosotros vivís en la Ciudad de Destrucción, y yo sé que esa ciudad será destruida con fuego. Si permanecéis allí seréis destruidos. Mis buenos vecinos, ¡venid conmigo!"

"¿Y dejar atrás nuestros amigos y nuestra comodidad?" dijo Obstinado.

"Sí," replicó Cristiano, "eso es justamente lo que os pido que hagáis. Los amigos y los placeres de los cuales habláis no pueden compararse con los goces que yo busco. Y si vosotros estáis dispuestos a venir conmigo y permanecer firmes, recibiréis todo lo que yo reciba."

"¿Cuáles son las cosas que tú buscas?"

Obstinado preguntó: "¿Cuáles son las cosas que tú buscas, que estás dispuesto a dejar todo el mundo a fin de hallarlas?"

"Busco una herencia incorruptible y que no puede contaminarse, ni marchitarse," dijo Cristiano (la. Pedro 1:4). "Está arriba en los Cielos y cualquier hombre que la busca con diligencia la recibirá. Leed este Libro y lo entenderéis."

"¡Bah!" dijo Obstinado. "¡Fuera con tu Libro! ¿Volverás con nosotros o no?"

"No," contestó Cristiano. "Ya he puesto mi mano en el arado y no me volveré atrás."

Obstinado acusa a Cristiano de locura.

"Ven, vecino Flexible," Obstinado demandó, "volvamos a casa sin él. Este loco está lleno de palabras huecas. El piensa que es muy inteligente y que nadie se le puede igualar."

Pero Flexible contestó: "No te burles de él. Cristiano es un buen hombre. Si lo que dice es cierto, creo que me iré con él."

"¡Qué! ¡Otro tonto!" exclamó Obstinado con disgusto. "Mejor que te vengas conmigo. ¿Quién sabe dónde te llevará ese loco. ¡Vuélvete! ¡No seas tonto!"

Cristiano ruega, pero Obstinado se rehusa a escuchar.

Cristiano le rogó a Obstinado: "¡No le digas que se vuelva! Venid ambos conmigo. La felicidad y la gloria de que hablé son reales. Si no me creéis a mí, leed lo que está escrito en este Libro. Cada palabra es verdad. El escritor del Libro derramó su sangre como garantía."

Entonces Flexible le dijo a Obstinado: "Amigo, creo que me iré con este buen hombre y compartiré sus penurias." Volviéndose a Cristiano le dijo: "Amigo, ¿sabes el camino hacia el lugar que buscas?"

"Evangelista me indicó que más allá de ese valle hay una puerta estrecha," Cristiano respondió. "Cuando lleguemos allí alguien nos indicará el camino a seguir."

"¡Muy bien!" dijo Flexible. "Emprendamos el camino en seguida."

Obstinado se vuelve a casa.

"No me juntaré con gente tan ignorante y loca," dijo Obstinado. "Me vuelvo a casa."

En mi sueño vi a Cristiano y Flexible conversando mientras avanzaban lentamente por la planicie.

CRISTIANO: Vecino Flexible, estoy tan contento que me escuchaste y viniste conmigo. Si Obstinado hubiera sentido los poderes y terrores de lo invisible como yo los he sentido, no se hubiera vuelto tan tranquilo.

FLEXIBLE: Ahora que estamos solos los dos, vecino Cristiano, cuéntame más acerca del lugar adonde vamos. ¿Qué clase de placeres hay allí y cómo habrán de disfrutarse?

CRISTIANO: Esto lo puedo sentir mejor con mi corazón que explicarlo con mis labios. Pero desde que deseas entender, te leeré las palabras del Libro.

25

Los dos hombres caminan juntos.

FLEXIBLE: ¿Crees que las palabras del Libro son verdad?

CRISTIANO: Ciertamente, por cuanto han sido escritas por Aquel que no puede mentir.

FLEXIBLE: Díme, ¿qué es lo que dice?

CRISTIANO: Hay un reino eterno donde la muerte no puede entrar y donde viviremos para siempre.

FLEXIBLE: ¿Y qué más?

CRISTIANO: Nos serán dadas coronas de gloria, y vestiduras que nos harán brillar como el sol.

FLEXIBLE: ¡Oh! ¡Qué maravilloso! ¿Y qué más?

CRISTIANO: En ese lugar no hay pena ni llanto. El Señor de aquel país secará todas las lágrimas de nuestros ojos (Apocalipsis 21:4).

FLEXIBLE: ¿Quiénes serán nuestros compañeros?

CRISTIANO: Criaturas celestiales cuyo brillo nos deslumbrará. También millares y millares que han ido antes de nosotros. Todos allí son puros de corazón, afectuosos y santos.

A medida que hablan van llegando al Pantano del Desaliento.

CRISTIANO: Muchos de los santos de ese reino han sufrido a manos del mundo por causa de su amor y obediencia al Señor. Algunos han sido cortados en pedazos otros han sido quemados al fuego, otros han sido ahogado y otros devorados por las bestias. Pero ahora están todos vestidos de inmortalidad como con una vestidura.

FLEXIBLE: Lo que me dices me encanta, pero ¿cómo habrán de disfrutarse estas cosas? ¿Cómo vamos a participar de ellas?

CRISTIANO: El Señor ha escrito en el Libro que si estamos dispuestos a pedirle a El, El nos las dará de balde.

FLEXIBLE: Me alegra oir todo esto. Vamos, apurémosnos para llegar.

CRISTIANO: No puedo caminar muy ligero a causa de esta carga en mis espaldas.

Entonces en mi sueño vi que se acercaban al Pantano del Desaliento, un fangoso lodazal en medio de la planicie.

Caen dentro del Pantano.

Hablando animadamente y sin mirar donde ponían los pies, ambos cayeron de pronto en el pantano. En este lodazal se debatieron hasta que sus ropas estaban todas cubiertas de barro. Debido a la carga sobre sus espaldas, Cristiano comenzó a hundirse.

"¿Como nos metimos en este embrollo?" preguntó Flexible.

Cristiano replicó: "En verdad, no sé."

Comenzando a sentirse ofendido, Flexible dijo enojado: "¿Es esta la felicidad de que me hablabas?"

Flexible se vuelve a casa enojado.

FLEXIBLE: Si hemos tenido un comienzo tan malo, ¿quién sabe qué peligros no encontraremos antes de terminar el viaje? Si yo consigo salir de aquí con vida, tú puedes quedarte con ese país tan bueno, por lo que a mí se me da.

Al decir esto se dio vuelta y luchando desesperadamente trepó fuera del lodazal en el lugar donde habían caído y de allí se volvió a su casa. Cristiano no lo vio más.

Cristiano no puede librarse.

Solo en su lucha dentro del Pantano del Desaliento, el pobre Cristiano se arrastró laboriosamente hacia el lado más cercano a la puerta estrecha. Pero no podía salir debido a la carga sobre sus espaldas, y comenzó a hundirse otra vez. Entonces vi en mi sueño que un hombre llamado Auxilio se acercaba.

Auxilio saca a Cristiano del cieno.

"¿Qué es lo que estás haciendo aquí?" Auxilio le preguntó.

Cristiano replicó: "Un hombre llamado Evangelista me dirigió hacia aquella puerta estrecha para que pudiera escapar de la ira que vendrá. Estaba en camino hacia allí cuando me caí en este pantano."

"¿Pero por qué no miraste?" le preguntó Auxilio. "Hay un paso de piedras colocado en el cieno por el cual podrías haber cruzado sin riesgo alguno."

"Estaba apurado por llegar a la puerta estrecha, así que tomé el camino más corto," explicó Cristiano. "Es por eso que me caí adentro."

Auxilio dijo entonces: "Dame tu mano." Tomando a Cristiano por la mano lo sacó y lo puso sobre suelo firme.

31

El origen del Pantano del Desaliento.

Cristiano le preguntó a Auxilio, "Ya que el camino
de la Ciudad de Destrucción a la puerta estrecha pasa
por aquí, ¿cómo es que este pantano no ha sido llenado,
de manera que los viajeros puedan pasar a salvo?"

"Esta ciénaga no puede ser reparada fácilmente,"
replicó Auxilio. "A medida que un hombre se da
cuenta de su pecado, todas las heces y la suciedad de
su corazón fluyen y van a parar a este pantano. Es por
eso que se llama el Pantano del Desaliento. Cuando
un pecador se da cuenta de que está perdido, temores
y dudas se levantan en su alma, todo lo cual se asienta
aquí y produce un suelo maligno. Sin embargo, no es
el deseo del Rey que este lugar permanezca así. Por más
de 1900 años los trabajadores han estado tratando de
arreglarlo."

Auxilio le muestra el paso de piedra.

Auxilio también le dijo a Cristiano: "Por orden del Rey, se ha colocado un paso de piedras bien firme y seguro a través del pantano, pero cuando llueve y el fango arroja su suciedad, estas piedras apenas pueden verse. Aun cuando puedan verse, a menudo los viajeros se marean, pierden el equilibrio y caen en el cieno. Sin embargo, cerca de la puerta estrecha el suelo se pone otra vez firme."

El incrédulo Flexible llega de vuelta a su hogar.

Entonces en mi sueño vi a Flexible que había vuelto a su casa, y sus amigos que venían a visitarle. Algunos dijeron que había demostrado sentido común al regresar. Algunos lo llamaron un tonto por haberse aventurado a ir con Cristiano. Aun otros se burlaron de su cobardía diciendo, "Una vez que habías emprendido el viaje, ¿por qué abandonaste por unas pocas dificultades?" Al principio Flexible estaba medio avergonzado, y no se atrevía a levantar la cabeza, pero después de un tiempito recobró su confianza y comenzó a hacer burla del pobre Cristiano.

Cristiano se encuentra con Sabio Mundano.

Cristiano prosiguió su camino solo, hasta que vio alguien a lo lejos que venía hacia él a través del campo. Este hombre era un caballero muy culto, llamado Sabio Mundano, quien vivía en la Ciudad de Política Carnal (Sabiduría Mundana), una gran ciudad no muy lejos del hogar de Cristiano.

Comienzan a hablar.

Al ver a Cristiano quejándose y suspirando bajo su pesada carga, Sabio Mundano le preguntó: "¿Dónde vas tan agobiado, mi buen amigo?"

CRISTIANO: ¡Muy agobiado por cierto! No creo que haya en todo el mundo alguien más agobiado que yo. ¿Me preguntas adónde voy? Allí, hacia aquella puerta estrecha. He oído que allí vive alguien que me puede decir cómo librarme de esta carga.

SABIO MUNDANO: ¿Tienes mujer e hijos?

CRISTIANO: Sí, pero debido a esta pesada carga que me agobia no puedo disfrutar de su compañía como antes, y me parece como que no tuviera ninguno.

El consejo de Sabio Mundano.

SABIO MUNDANO: Tengo un buen consejo para ti. ¿Quieres escucharme?

CRISTIANO: Nunca me niego a escuchar un buen consejo.

SABIO MUNDANO: Bueno, entonces te aconsejo que te libres de ese bulto cuanto antes. Hasta que no lo hagas nunca podrás encontrarte a gusto o podrás disfrutar de las bendiciones que Dios te ha dado.

CRISTIANO: ¡Esto es justamente lo que estoy buscando —cómo librarme de esta carga! Pero no puedo hacerlo yo mismo, ni hay ninguno en mi ciudad que pueda ayudarme. Voy por este camino para averiguar dónde puedo librarme de ella.

SABIO MUNDANO: ¿Quién te dijo que podías librarte de esa carga yendo por este camino?

CRISTIANO: Un hombre llamado Evangelista.

SABIO MUNDANO: ¡Bah! ¡Bah! ¡Qué consejo más mal intencionado! ¡No hay un camino más peligroso en todo el mundo! Puede ser que no me creas ahora, pero lo descubrirás más tarde.

El maligno Sabio Mundano engaña a Cristiano.

SABIO MUNDANO: Veo que ya has encontrado dificultades. Tus ropas están manchadas con el lodo del Pantano del Desaliento, y sin embargo, todavía sigues este camino. Eso ha sido solamente el principio. Oyeme, soy mayor que ti. En este camino encontrarás cansancio, dolor, hambre, frío, espada, fieras salvajes, obscuridad y muerte. ¿Por qué has de escuchar a un extraño y desperdiciar tu vida?

Cristiano está casi convencido.

SABIO MUNDANO: ¿Cómo es que te hiciste de esta carga al principio?

CRISTIANO: Leyendo este Libro que tengo en la mano.

SABIO MUNDANO: Ya me parecía. Hombres débiles como tú que se meten con cosas demasiado elevadas, se confunden. Están llenos de tantas dudas y temores que corren por todos lados en aventuras desesperadas sin saber siquiera lo que están buscando.

CRISTIANO: Pero yo sé lo que quiero. Quiero librarme de esta carga.

SABIO MUNDANO: Pero este camino es muy peligroso. Si deseas aliviarte por qué viniste aquí? Si me escuchas pacientemente, no sólo te diré cómo conseguir lo que buscas, evitando este camino peligroso, sino también cómo librarte de tu carga. Mis palabras no sólo te evitarán sufrimiento, sino que también te traerán seguridad, felicidad y contentamiento.

Cristiano es engañado por Sabio Mundano.

CRISTIANO: Amigo, te ruego que me reveles este secreto.

SABIO MUNDANO: Bueno, bueno, así me gusta. Allí a lo lejos en aquella villa de Moralidad, hay un hombre muy instruido llamado Legalidad. Es muy hábil, de muy buena reputación, y puede ayudar a los hombres a librarse de cargas como la tuya. El ha hecho mucho bien en este sentido. Además puede ayudar a aquellos cuyas mentes están turbadas por las dificultades. Si no está en casa, tiene un buen hijo llamado Buenos Modales que es tán hábil como el viejo caballero. Allí encontrarás felicidad y te librarás de tu carga. Si no quieres volver a tu antiguo lugar, lo que no aconsejo, puedes mandar a buscar a tu mujer y tus hijos para que vivan en la villa de Moralidad. Hay muchas casas vacías, el alquiler es razonable, y el alimento bueno y barato. Los vecinos son todos honestos, respetables y de confianza, así que tu vida será segura y feliz.

Cristiano se aparta del camino.

Cristiano finalmente concluyó que si estas persuasivas palabras eran verdad, lo más sensato era seguir el consejo de Sabio Mundano, así que le preguntó: "¿Cuál es el camino hacia la casa de este hombre honesto?"

Sabio Mundano, señalando un monte alto no muy lejos, dijo: "¿Ves ese monte alto?"

CRISTIANO: Sí, muy bien.

SABIO MUNDANO: Toma el camino de ese monte; la primera casa que encuentres, ésa es.

Cristiano, por lo tanto, se apartó del camino para ir a la casa del Sr. Legalidad, a fin de lograr su ayuda.

41

Al pie del monte Cristiano tiene miedo.

Al llegar al monte, notó que un peñasco sobresalía en forma amenazadora sobre el camino y Cristiano no se atrevía a aventurarse más lejos por temor de que las rocas cayeran sobre su cabeza. Se detuvo, no sabiendo qué hacer. Su carga ahora parecía más pesada que nunca. Fogonazos como de relámpago se le venían encima y pensando que iba a ser quemado vivo Cristiano temblaba y transpiraba de miedo.

Cristiano ve a Evangelista que viene y se siente avergonzado.

Cristiano estaba empezando a lamentarse por haber hecho caso de Sabio Mundano cuando vio venir hacia él a Evangelista, y enrojeció de vergüenza. Evangelista se acercó, y mirando a Cristiano con expresión terrible y severa, preguntó: "¿Qué estás haciendo aquí, Cristiano?" Cristiano no sabía qué contestar y se quedó mudo delante de él.

"¿Por qué te desviaste?"

Entonces dijo Evangelista, "¿No eres tú el hombre que encontré llorando fuera de los muros de la Ciudad de Destrucción?"

CRISTIANO: Sí, yo soy el hombre.

EVANGELISTA: ¿No te dirigí hacia la puerta estrecha?

CRISTIANO: Sí.

EVANGELISTA: ¿Cómo es entonces que te has desviado tan pronto?

CRISTIANO: No bien salí del Pantano del Desaliento, me encontré con un caballero que me persuadió que podría encontrar un hombre en la villa delante de mí, el cual me libraría de mi carga.

EVANGELISTA: ¿Quién era?

CRISTIANO: Parecía un caballero, y me habló hasta convencerme. Por lo tanto me vine hacia aquí, pero cuando llegué a este monte tuve miedo de que cayera sobre mí y no me atreví a seguir adelante por temor de ser aplastado.

Evangelista continúa interrogando a Cristiano.

EVANGELISTA: ¿Qué es lo que te dijo este hombre?

CRISTIANO: Me preguntó adónde iba y yo le dije.

EVANGELISTA: ¿Y qué dijo él entonces?

CRISTIANO: Me preguntó si tenía familia y le contesté que sí, pero que estaba tan agobiado por mi carga que no podía disfrutar su compañía como antes.

EVANGELISTA: ¿Y qué dijo entonces?

CRISTIANO: Me aconsejó que me librara de mi carga en seguida. Cuando le conté que iba hacia la puerta estrecha para conseguir información de cómo llegar al lugar de liberación, me dijo que él me mostraría un camino mejor y más corto, un camino sin tantas dificultades como el que tú me indicaste. Así que le creí y me aparté y me vine hacia aquí con la esperanza de librarme de mi carga más pronto. Pero cuando llegué aquí y vi las cosas cómo son, me detuve atemorizado. Ahora no sé qué hacer.

Evangelista reprende a Cristiano severamente.

EVANGELISTA: Quédate quieto por unos momentos y escucha para que pueda mostrarte las palabras de Dios.

Cristiano se quedó temblando mientras Evangelista leía en la Palabra: "Mirad que no desechéis al que habla. Porque si aquellos no escaparon que desecharon al que hablaba en la tierra, mucho menos nosotros, si desecháramos al que habla de los cielos" (Hebreos 12:25). Además dijo: "Ahora el justo vivirá por fe; mas si se retirare, no agradará a mi alma" (Hebreos 10:38). Evangelista aplicó estas palabras a Cristiano, "Tú te has desviado del camino de paz hacia este peligroso lugar y casi pierdes tu vida."

Cristiano se arrepiente amargamente.

Oyendo estas palabras, Cristiano cayó sobre sus rodillas y clamó: "¡Ay de mí, que soy muerto!"

Pero Evangelista le tomó de la mano diciendo: "Todo pecado y blasfemia será perdonado a los hombres. No seas incrédulo sino fiel" (Mateo 12:31; Juan 20:27). Cristiano se sintió revivir y permaneció temblando delante de Evangelista. Evangelista continuó: "Presta atención a lo que voy a enseñarte. Te mostraré quién es el que te engañó y a quién te mandó. El hombre que encontraste es Sabio Mundano. Su nombre le cuadra muy bien, pues es mundano y le gusta la moralidad y la acumulación de buenas obras. No quiere saber nada de las enseñanzas sobre la cruz y la salvación."

Tres errores en el consejo de Sabio Mundano.

Había tres errores en el consejo de Sabio Mundano: Te desvió del camino verdadero; trató de hacerte
odiar la cruz; te dirigió al camino que lleva a la muerte.

Cristiano lamenta su necedad.

Cristiano creyó que la hora de la muerte había llegado y clamó: "¡Fui un necio al escuchar a Sabio Mundano y abandonar el camino verdadero!"

Evangelista le señala de nuevo el camino verdadero.

Entonces Evangelista le mostró el camino de vuelta a la senda que conducía a la puerta estrecha y le advirtió que no se dejara engañar otra vez.

Compungido Cristiano decide volver.

Cuando Cristiano dijo que volvería, Evangelista
se sonrió y le deseó la bendición de Dios.

Cristiano se apura a volver.

Al volver a prisa Cristiano cuidadosamente evitó hablar con nadie en el camino. Era como uno pisando sobre terreno prohibido, no sintiéndose seguro hasta haber vuelto a la senda verdadera.

Cristiano llega a la puerta estrecha.

Cuando Cristiano llegó a la puerta estrecha, vio estas palabras escritas sobre ella: "Llamad y se os abrirá" (Mateo 7:7). Cristiano entonces se acercó y llamó.

Buena Voluntad abre la puerta.

Al fin, un hombre solemne llamado Buena Voluntad abrió la puerta y preguntó: "¿Quién eres? ¿De dónde vienes? ¿Qué quieres?"

Cristiano contestó: "Soy un pobre y agobiado pecador de la Ciudad de Destrucción. Voy hacia el monte Sión para librarme de la ira que ha de venir."

Buena Voluntad hace entrar a Cristiano apresuradamente.

Buena Voluntad hizo entrar a Cristiano con toda rapidez. "¿Por qué haces esto?" preguntó Cristiano.

"A corta distancia de aquí está el castillo del Diablo," dijo Buena Voluntad. "El vigila a todos los que llegan a esta puerta y les arroja sus flechas. Algunos infortunados son muertos y nunca entran."

Cristiano se regocija al entrar por la puerta estrecha.

Entonces dijo Cristiano: "Me regocijo y tiemblo."

"¿Quién te dirigió hacia aquí?" preguntó Buena Voluntad.

Cristiano entonces le contó todo lo que le había pasado en el camino.

Buena Voluntad le muestra a Cristiano el camino derecho y angosto.

Buena Voluntad escuchó atentamente y luego dijo: "Ven aquí y te mostraré el próximo camino que debes tomar. Mira hacia adelante. ¿Ves ese camino derecho? Ese es el que debes seguir. Fue construido por los profetas de la antigüedad y por Cristo y sus discípulos. Hay a cada lado muchas sendas tortuosas muy anchas. Solamente el camino verdadero es derecho y angosto. Síguelo y llegarás a la casa del Intérprete. Llama a su puerta y él te mostrará muchas cosas maravillosas.

Cristiano sigue el camino derecho a la casa del Intérprete.

Cristiano emprendió el camino y cuando llegó a la casa del Intérprete tuvo que golpear repetidamente a la puerta. Al final alguien abrió y preguntó: "¿Quién eres tú?"

"Deseo hablar con el dueño de casa," Cristiano replicó.

Cuando el Intérprete apareció, Cristiano explicó que Buena Voluntad lo había enviado.

"Te mostraré muchas cosas."

El Intérprete le dijo: "Entra y te mostraré muchas cosas que te serán de beneficio." Indicando al sirviente que prendiera una vela, llevó a Cristiano a una habitación privada.

El retrato de un hombre muy serio.

Allí vio el retrato de una persona muy seria, parada y en una actitud como si suplicara a los hombres. Sus ojos estaban levantados al Cielo, y tenía el mejor de los libros en su mano. Sobre su cabeza tenía una corona de oro y el mundo estaba a sus espaldas.

"Este hombre," explicó el Intérprete, "puede transformar a las personas y hacer que nazcan de nuevo. El mundo a sus espaldas y la corona sobre su cabeza muestran que aquel que desprecia las cosas de este mundo, puede disfrutar las bendiciones del Cielo."

Cristiano aprende dos formas diferentes de barrer un salón.

El Intérprete luego lo llevó a un gran salón que estaba lleno de polvo porque nunca había sido barrido. Despúes de mirarlo por un momento el Intérprete llamó a un hombre para que barriera. Al comenzar a barrer se levantó tal polvareda que Cristiano casi se ahogaba. El Intérprete entonces le dijo a una criada que se hallaba cerca: "Trae agua y espárcela por la habitación." Una vez hecho esto se barrió sin dificultad.

61

El significado del salón polvoriento.

"¿Qué significa esto?" preguntó Cristiano.

El Intérprete respondió: "Este salón es el corazón del hombre; el polvo es el pecado que lo ha manchado. El que comenzó a barrer al principio era la Ley; aquella que trajo el agua y la esparció es el Evangelio. La Ley en vez de limpiar el corazón del pecado, solamente lo revive y lo aumenta. Pero cuando las dulces y preciosas influencias del Evangelio entran allí, el pecado es vencido y el alma limpiada y preparada en debida forma para que la habite el Rey de Gloria."

Pasión y Paciencia.

En mi sueño vi al Intérprete que llevó a Cristiano a una pequeña habitación donde dos niños estaban sentados. El nombre de uno era Pasión y el del otro Paciencia. Pasión parecía descontento pero Paciencia estaba muy quieto. Cristiano preguntó: "¿Por qué está Pasión tan descontento?"

El Intérprete contestó: "Sus padres le han dicho que espere hasta el año próximo para recibir mejores cosas. El las quiere ahora y está enojado. Pero Paciencia está dispuesto a esperar."

El bolso de los tesoros.

Entonces vi que alguien le traía a Pasión un bolso lleno de tesoros y lo vaciaba a sus pies. Riéndose triunfalmente de Paciencia, Pasión recogió los tesoros, pero en muy poco tiempo lo había malgastado todo y no le quedaba nada más que harapos.

La explicación del Intérprete.

El Intérprete le dijo entonces: "Pasión es una figura de los hombres de este mundo; Paciencia de los hombres del mundo venidero. Tal como Pasión quería todos sus placeres ahora, los hombres de este siglo quieren todo ahora; no están dispuestos a esperar la vida después de la muerte, y tal como los tesoros de Pasión fueron rápidamente malgastados, así será con aquellos que buscan la felicidad que este mundo ofrece."

Cristiano ve un fuego que no se puede apagar.

Luego el Intérprete lo llevó a otro lugar donde había una fogata ardiendo contra una pared. Un hombre estaba continuamente echando agua pero el fuego ardía más brillante y más ardiente.

Cristiano dijo entonces: "¿Qué significa esto?"

El Intérprete le contestó: "El fuego es la obra de la gracia en el corazón humano. El que echa agua para apagarlo es el diablo. Pero, como ves, el fuego arde más brillante y más ardiente. Te mostraré el motivo."

Cristiano descubre por qué el fuego no se apaga.

El Intérprete le llevó detrás del muro. Allí vio a otro hombre con un cántaro en su mano echando aceite continuamente sobre el fuego.

"¿Qué significa esto?" preguntó Cristiano.

El Intérprete respondió: "Este es Cristo. Usa el aceite de su gracia para mantener la obra ya comenzada en el corazón de su pueblo. Los que pertenecen a Cristo son hijos de la gracia, y el poder del diablo, aunque grande, no puede apagar el trabajo de gracia empezado en sus corazones. Como ves, esta persona está detrás de la pared; esto es para enseñarte qué difícil es para aquellos que son tentados el ver como esta obra de gracia es mantenida en sus almas."

Cristiano ve una entrada guardada por cuatro hombres armados.

Luego el Intérprete lo llevó a una hermosa e imponente entrada, delante de la cual había cuatro hombres muy fuertes armados. A un lado de la entrada, un hombre estaba sentado detrás de un escritorio, sobre el cual había un libro para anotar los nombres de aquellos que llegaran a entrar. En frente de esta entrada había un grupo muy grande de gente que parecía muy ansiosa de entrar pero tenían miedo de los hombres armados. Sobre los muros del palacio una gran multitud de gente en vestiduras blancas estaban observando.

Un bravo guerrero gana la entrada luchando.

Sin embargo, no había ninguno suficientemente bravo como para arriesgarse a luchar. Al fin, Cristiano vio a un hombre muy valiente que se dirigió al escriba y le dijo: "Escribid mi nombre, Señor." Hecho esto, se puso un yelmo sobre la cabeza, sacó su espada y arremetió contra los cuatro guerreros. Estos le atacaron con fuerza mortal, pero el osado guerrero peleó ferozmente y, dando y recibiendo muchas heridas, finalmente logró penetrar dentro del palacio.

Un coro le da la bienvenida.

Al ocurrir esto un coro de voces felices comenzó
a cantar:

      Entra, entra;

      Gloria eterna tuya será.

Luego le pusieron vestiduras blancas como las de los
demás.

"Me parece que sé el significado de esto," dijo
Cristiano, sonriendo. "Ahora déjame seguir mi camino."

El hombre dentro de la jaula de hierro.

"No, espera," dijo el Intérprete, "hasta que te hayo mostrado un poco más, y después seguirás tu camino." Así que lo tomó de la mano y lo llevó a una habitación muy obscura donde un hombre estaba sentado dentro de una jaula de hierro. Este hombre parecía muy afligido. Estaba con sus ojos bajos, sus manos entrelazadas y suspiraba como si su corazón fuera a romperse.

"¿Qué significa esto?" preguntó Cristiano.

"Pregúntale tú mismo," replicó el Intérprete.

El hombre explica la razón de su desgracia.

Cristiano se acercó a la jaula y le preguntó al hombre: "¿Quién eres tú?"

"Hubo un tiempo en que yo parecía un buen cristiano. Yo creía que estaba en camino a la Ciudad Celestial y me sentía feliz con la idea de llegar allí."

"Pero, ¿qué eres tú ahora?"

"Ahora soy un hombre desesperado porque dejé de vigilar y de ser sobrio y di rienda suelta a mis pasiones. Yo pequé contra la luz de la Palabra y la bondad de Dios. Tenté al diablo, y él me ha venido. He afrentado al Espíritu, y El se ha ido, y he endurecido mi corazón tanto que no puedo arrepentirme."

"Pero, ¿no puedes ahora arrepentirte y volver?"

"Dios me ha negado el arrepentimiento. El me ha encerrado en esta jaula. ¡Oh! ¡eternidad! ¡eternidad! ¿Cómo podré soportar el castigo eterno?"

El Intérprete advierte a Cristiano.

El Intérprete entonces dijo a Cristiano: "Que la desgracia de este hombre sea recordada por ti, y que te sirva de advertencia."

"Esto es terrible," dijo Cristiano. "Que Dios me ayude a ser sobrio. Te ruego que me dejes seguir ahora mi camino."

El hombre que se estremecía y temblaba.

Pero el Intérprete dijo: "Espera hasta que te muestre una cosa más, y entonces te irás."

Lo llevó a Cristiano a un dormitorio donde un hombre se estaba levantando de dormir. Temblaba y se estremecía, entre tanto que se vestía.

Cristiano preguntó: "¿Por qué tiembla este hombre?" El Intérprete le mandó al hombre que contara a Cristiano la razón de su temblor.

"Tuve un sueño," dijo el hombre.

74

El hombre cuenta su sueño.

"Anoche soñé que los cielos se tornaban muy negros y que tronaba y relampagueaba. Levanté mis ojos y vi a un hombre sentado en una nube, y millares de ángeles le servían. También oí una voz que decía: '¡Levantáos, oh muertos, y venid al juicio!' Al decir esto los muertos salieron de sus tumbas, algunos llenos de alegría, otros llenos de temor. El que se sentaba sobre la nube mandó a los ángeles, 'Echad la cizaña y la paja en el lago de fuego' (Mateo 3:12; 13:40; Ap. 20:12, 15).

75

El pozo insondable.

"El abismo insondable se abrió a mis pies, y fuera del mismo salió fuego y humo. Yo creí que el día del juicio había llegado y yo no estaba listo, y esto me aterrorizó."

Cristiano continúa su camino cantando.

Después de haber visto estas lecciones espirituales,
Cristiano se despidió. El Intérprete le deseó la bendición de Dios, diciendo: "El Consolador sea siempre
contigo, buen Cristiano, para guiarte en el camino que
lleva a la Ciudad." Así Cristiano emprendió su cami-
nata cantando:

El muro de Salvación.

Luego en mi sueño vi que la carretera por la cual viajaba Cristiano estaba bordeada a ambos lados por un muro llamado Salvación.

Lo vi a Cristiano correr, pero con gran dificultad debido a la carga sobre sus espaldas.

Cristiano viene a la cruz y la carga se desprende de sus espaldas.

Cristiano corrió hasta que llegó a una elevación de terreno; allí se levantaba una cruz de madera y al pie de la misma se abría una tumba vacía. Al acercarse a la cruz la carga se desprendió de sus espaldas y cayó dentro de la tumba donde despareció para siempre. Entonces Cristiano, maravillosamente aliviado, exclamó con un corazón exuberante: "El me ha dado descanso por su sufrimiento y vida por su muerte."

Cristiano contempla la cruz admirado.

Asombrado de que la vista de la cruz pudiera aliviar así su carga, quedó sumido en maravillada contemplación. Las lágrimas llenaron sus ojos y bañaron sus mejillas.

Tres Seres Resplandecientes aparecen.

Mientras estaba allí mirando y llorando, he aquí tres Seres Resplandecientes vinieron y le saludaron diciendo, "Paz sea contigo." El primero dijo: "Tus pecados son todos perdonados." El segundo lo despojó de sus harapos y le vistió con un ropaje blanco. El tercero puso una marca sobre su frente y le dio un pergamino con un sello sobre él, mandándole que lo leyera a medida que corría y que lo entregara cuando llegara a las puertas celestiales.

Cristiano sigue en su camino, saltando y cantando de alegría.

Se encuentra con Simple, Pereza y Presunción.

Vi entonces que Cristiano bajaba la pendiente. Cerca del final, al borde de un precipicio, tres hombres estaban acostados durmiendo, con grillos de hierro en sus piernas. El nombre de uno era Simple, el otro Pereza y el tercero Presunción.

Cristiano les advierte del peligro.

Al verlos Cristiano se acercó para despertarlos y advertirles del peligro. "¡Cuidado! ¡Debajo hay un abismo sin fondo! Salid de aquí y yo os ayudaré a sacar los grillos."

Pero ellos dijeron: "No vemos ningún peligro," y se acostaron otra vez a dormir. Cristiano no tuvo otro remedio que continuar su camino, aunque muy preocupado porque no veían el peligro.

Se encuentra con Formalista e Hipocresía.

Mientras meditaba en estas cosas, dos hombres, Formalista e Hipocresía, aparecieron repentinamente, habiendo trepado sobre uno de los muros a los lados del camino. Al acercarse a ellos Cristiano preguntó: "Caballeros, ¿de dónde venís y adónde vais?" Ellos contestaron: "Hemos nacido en la tierra de Vanagloria y nos vamos a buscar fama y fortuna en la Ciudad Celestial."

Cristiano les pregunta por qué entraron en esa forma.

Cristiano replicó: "Vosotros decís que queréis ir a la Ciudad Celestial, y sin embargo trepáis por encima del muro en vez de entrar por la puerta estrecha. Vosotros habéis desobedecido la ley del país y el Señor de la Ciudad Celestial no os permitirá entrar."

Los dos contestaron: "Nuestro camino es más corto; además es la costumbre de nuestros paisanos el entrar en esta forma. Tú viniste por la puerta estrecha, nosotros trepamos por encima de la pared; sin embargo, estamos viajando por la misma carretera."

Pero Cristiano contestó: "Yo camino de acuerdo con las reglas del Señor. Vosotros andáis por las reglas de vuestro propio corazón. Vosotros ya estáis considerados como ladrones por el Señor del camino."

Ellos siguen su propio camino.

La pareja no hizo mayores comentarios y simplemente dijo: "Nosotros seguiremos nuestro propio
camino y tú el tuyo." Así que continuaron cada uno por
su lado.

Formalista e Hipocresía discuten con Cristiano.

Después de un tiempo Formalista e Hipocresía comenzaron a discutir con Cristiano diciendo: "Nosotros guardamos toda la Ley tal como tú lo haces. La única diferencia entre nosotros es esa capa sobre tus espaldas. Quizá es para cubrir la vergüenza de tu desnudez."

Cristiano replica.

"Este saco me fue dado por el Señor de la Ciudad, y cuando venga a la puerta El me conocerá por el mismo. Tengo una marca sobre mi frente y también un pergamino sellado que entregaré al llegar a la puerta Celestial. Dudo que vosotros tengáis estas cosas por cuanto no entrasteis por la puerta estrecha."

Los otros no replicaron; se miraron y se echaron a reír.

Adelante — La Colina Dificultad.

Los tres siguieron hasta que llegaron a la Colina Dificultad. Al pie de la misma había un manantial. También había dos caminos, uno hacia la derecha y otro hacia la izquierda; sin embargo, el camino estrecho iba en línea directa hacia la cumbre.

Cristiano lame el agua.

Cristiano fue hasta el manantial y bebió unos
sorbos de agua. Esto lo refrescó tanto que animadamente empezó a subir la pendiente por el camino
angosto.

Formalista e Hipocresía también llegaron al pie
de la colina, pero cuando miraron hacia la cumbre
tan alta, decidieron tomar uno de los caminos laterales.
Uno tomó el camino del peligro y se perdió en el
bosque; el otro el camino de destrucción, tropezó al
borde de un precipicio y se despeñó en las profundi-
dades.

Cristiano se arrastra hasta la cima.

Me fijé entonces que Cristiano a medida que iba subiendo la colina dejaba de correr y empezaba a caminar y luego a arrastrarse sobre sus rodillas debido a lo empinado de la cuesta.

Cristiano se duerme en la glorieta.

A mitad del camino había una agradable enramada que el Señor de la colina había preparado para el refrigerio de los cansados viajeros. Cristiano alcanzó este lugar y se sentó a descansar. Sacando el pergamino de su pecho empezó a leerlo, pero hallándose fatigado pronto se durmió profundamente y el pergamino se escapó de sus manos y cayó al suelo. Alguien se acercó y despertándole dijo: "Ve a la hormiga, oh perezoso, mira sus caminos, y sé sabio" (Prov. 6:6).

Temeroso y Desconfianza aparecen.

Se levantó y en seguida reanudó su camino rápidamente hasta que llegó a la cima. Aquí se sorprendió al ver dos hombres que venían hacia él. El nombre del uno era Temeroso y el del otro Desconfianza. Cristiano les dijo: "Señores, ¿qué pasa? Vosotros vais en dirección equivocada."

Pero ellos le dijeron: "¡Hemos visto leones en el camino! Cuanto más lejos vamos más peligro encontramos, así que nos volvemos."

Cristiano dijo entonces: "Me asustáis. ¿Qué camino debería tomar yo para estar a salvo? Volver a mi propio país es muerte segura; adelante está el temor de la muerte, pero al final del camino hay vida eterna. ¡Seguiré adelante!"

Cristiano nota la falta del pergamino.

Desconfianza y Temeroso emprendieron el descenso corriendo y Cristiano siguió adelante. Decidió leer su pergamino para hallar consuelo mientras caminaba. Puso su mano dentro de su pecho y no lo encontró. Se quedó muy perplejo hasta que se acordó de que podía haberlo dejado caer mientras dormía en la glorieta. Cayendo sobre sus rodillas pidió a Dios perdón y se volvió a buscar el pergamino.

Cristiano se apresura para recobrar su pergamino.

A medida que se volvía suspiraba y lloraba acongojado. "El Señor preparó esa glorieta solamente para el refrigerio de los peregrinos," dijo. "¡Qué necio y pecador he sido al dormirme en medio de la dificultad!"

Cristiano encuentra el pergamino en la glorieta.

Cuando llegó a la glorieta, se sentó y comenzó a llorar de nuevo. Pero al fin, mirando alrededor afligido, descubrió el rollo debajo del banco. Con mano temblorosa lo recogió y lo puso de vuelta en su pecho. ¿Quién puede describir el gozo que sentía? ¡Este pergamino era su pasaje al Cielo y su seguridad de Vida Eterna!

Cristiano en el Palacio Hermoso.

¡Con qué agilidad subió ahora el resto de la cuesta! Sin embargo, cuando llegó a la cumbre el sol se había puesto. Otra vez se lamentó de su necedad al dormirse, pues se acordó de los leones que habían asustado a Desconfianza y Temeroso. Se dijo a sí mismo: "Si estas bestias me atacan en la obscuridad seré destrozado." Pero mientras estaba lamentándose, levantó sus ojos y vio delante de él un palacio monumental llamado Hermoso.

Cristiano ve los leones.

En mi sueño vi a Cristiano que se apuraba para llegar al palacio, con la esperanza de conseguir alojamiento para esa noche. Pero no había ido muy lejos cuando al entrar en un pasaje estrecho vio a corta distancia dos leones acostados en frente de la entrada.

El portero le dice que los leones están encadenados.

"¡Oh!" pensó Cristiano, "Ahora veo los peligros que asustaron a Desconfianza y Temeroso ." Pero el portero, cuyo nombre era Vigilante, viendo a Cristiano detenerse como para volverse, gritó: "¿Por qué eres tan cobarde? ¡No tengas temor de los leones, pues están encadenados y colocados allí para probar tu fe! Quédate en el medio de la senda y no sufrirás ningún daño.

Cristiano avanza.

Entonces lo vi a Cristiano avanzar, temblando por miedo de los leones. Pero siguió las instrucciones del portero y aunque oyó a los leones rugir, éstos no le hicieron daño alguno. Cuando llegó adonde estaba el portero, le preguntó: "¿Puedo alojarme aquí esta noche?"

El portero replicó: "Esta casa fue edificada por el Señor de la Colina para el descanso y seguridad de los peregrinos. Pero, ¿de dónde has venido y adónde vás?"

"Vengo de la Ciudad de Destrucción y voy hacia la Ciudad Celestial. Te ruego que me des alojamiento por esta noche."

"¿Cuál es tu nombre?"

"Mi nombre antes era Sin Gracia, pero ahora es Cristiano."

"¿Por qué vienes tan tarde?"

El portero inquirió: "¿Cómo es que vienes tan tarde? El sol ya se ha puesto." Cristiano entonces le contó cómo se había dormido bajo la enramada y cómo había perdido su pergamino y había tenido que volverse.

Vigilante, el portero, llama a Discreción.

Entonces Vigilante tocó una campanilla, y al sonido de la misma apareció una mujer joven llamada Discreción, quien preguntó por qué la habían llamado. Vigilante le presentó a Cristiano diciendo: "Si te parece bien, ¿puede este hombre pasar la noche aquí?"

Discreción interroga a Cristiano.

Respondiendo a las preguntas de Discreción,
~~iano~~ le contó cómo había empezado el viaje y qué
~~encias~~ había tenido en el camino. Los ojos de
~~ón~~ se llenaron de lágrimas al escucharle.
~~a~~ los otros miembros de la familia para que

Cristiano es presentado a la familia.

Discreción corrió a la puerta y llamó a Prudencia, Piedad y Caridad. Después que todos habían hablado con él le invitaron a conocer el resto de la familia. A la puerta, toda la familia se inclinó y le dio la bienvenida diciendo, "Entra tú, bendito del Señor."

Prudencia, Piedad y Caridad hablan con Cristiano.

El entró con ellos dentro de la casa, y cuando se hubo sentado le trajeron algo de beber. Prudencia, Piedad y Caridad continuaron hablando con él hasta que la cena estuvo lista. Hasta bien entrada la noche permanecieron sentados juntos hablando acerca del Señor de la Colina. Después oraron y se separaron para ir a sus habitaciones a dormir.

El aposento llamado Paz.

Le mostraron al peregrino un aposento muy amplio llamado Paz, cuya ventana se abría hacia la salida del sol. Aquí Cristiano durmió tranquilamente hasta el amanecer.

Una biblioteca de libros preciosos y antiguos.

A la mañana siguiente sus amigos le dijeron a Cristiano que no debería irse hasta que le hubieran mostrado algunos libros de grande antigüedad que describían la historia del Señor de la Colina. Estos registros probaban que El era el Hijo de Dios, sin principio y sin fin, que había subyugado reinos, y que El estaba listo para perdonar a aquellos que lo habían injuriado. Estos libros también mostraban que había cumplido todas las profecías acerca de El.

Armaduras para protección contra los engaños del diablo.

Luego la familia lo llevó al arsenal y le mostró toda clase de armaduras tales como espadas, yelmos, escudos, petos, "oración-constante" y calzado que no se gastaría (Efesios 6:11-18). Había también alguna maquinaria de guerra, por medio de la cual los guerreros de antaño habían realizado grandes hazañas. Cristiano estaba encantado con todo esto.

Le muestran las Montañas Deleitosas.

Cristiano quería continuar su viaje, pero le
animaron a que se quedara otro día diciendo: "Si el
día es claro, te mostraremos las Montañas Deleitosas."
Cristiano consintió. Al día siguiente le llevaron al
tejado y le mandaron que mirara hacia el Sur. Allí vio
en la lejanía el país más hermoso que se puede imaginar
embellecido con montañas y bosques. "Aquella es la
tierra de Emmanuel," le dijeron. "Cuando llegues
allí, algunos pastores te mostrarán las puertas de la
Ciudad Celestial."

No lo detienen más.

Ahora Cristiano quería seguir inmediatamente, así que no lo detuvieron más.

Cristiano se coloca la armadura.

"Pero primero," le dijeron, "vayamos otra vez al arsenal donde podrás ponerte toda la armadura de Dios, no sea que el enemigo te asalte en el camino."

Después que se había puesto la armadura, caminó con sus amigos hacia la entrada. Allí le preguntó a Vigilante si había visto otros peregrinos pasar por el camino.

"Sí," dijo el portero, "un hombre llamado Fiel pasó por aquí. Pero ahora ya debe haber bajado el collado."

"Oh," replicó Cristiano alegremente, "lo conozco. Viene de mi ciudad, es uno de mis vecinos más cercanos. Debo apurarme y alcanzarlo."

Cristiano desciende el Collado Dificultad.

Discreción, Piedad, Caridad y Prudencia insistieron en acompañarlo. Así que emprendieron el camino juntos hablando acerca del Salvador. Cuando comenzaron a descender Cristiano dijo: "La subida era muy difícil y por lo que puedo ver la bajada es peligrosa."

"Sí," dijo Prudencia, "lo es. Es difícil que un hombre descienda al Valle de la Humillación, hacia donde te diriges ahora, y no tenga ningún accidente. Es por eso que te acompañamos."

Sus amigas le dan regalos.

Al pie del collado sus amigas, al despedirse, le
dieron a Cristiano una botella de vino, un pan y un
racimo de pasas. El recibió estos regalos muy agradecido,
y siguió su camino solo dentro del Valle de la Humillación.

Cristiano descubre a Apolión.

En el Valle de la Humillación el pobre Cristiano se encontró en aprietos. No había ido muy lejos cuando vio un vil demonio llamado Apolión. Cristiano comenzó a atemorizarse y a preguntarse si debería volverse o permanecer firme. Se decidió a seguir y Apolión le vino al encuentro.

El odioso monstruo, Apolión.

El monstruo era repugnante. Estaba cubierto con escamas como un pescado, tenía alas como un dragón, pies como un oso. De su boca, que era la boca de un león, salía fuego y humo. El era el rey de la Ciudad de Destrucción y quería matar a Cristiano.

Apolión reclama a Cristiano.

APOLIÓN: Tú eres uno de mis súbditos, por cuanto yo soy el príncipe y dios de la Ciudad de Destrucción. ¿Por qué te has escapado de tu rey? Si no fuera que todavía espero que me has de servir, de un golpe te echaría por tierra.

CRISTIANO: En verdad yo nací en tu reino, pero tu servicio era penoso. Un hombre no puede vivir con lo que tú pagas porque "la paga del pecado es muerte." Ahora me he unido al Rey de los príncipes. Me gusta su servicio, su paga, sus siervos, su país y su compañía más que la tuya. No trates de persuadirme. Soy su siervo y le seguiré a El.

117

Apolión se encoleriza.

Estas resueltas palabras encolerizaron a Apolión. En su ira arrojó un dardo de fuego al pecho de Cristiano, pero éste estaba protegido por su escudo. Cristiano rápidamente blandió la espada del Espíritu y atacó a Apolión.

Luchan por medio día.

Los dos oponentes lucharon, avanzando y retrocediendo, por medio día sin que ninguno de los dos hubiera obtenido la ventaja. Cristiano, cuya cabeza y pies estaban lastimados, había perdido mucha sangre. Incapaz de resistir por más tiempo, cayó al suelo y la espada se le escapó de la mano.

Cristiano asesta un golpe mortal a Apolión.

Pero cuando Apolión estaba a punto de matarlo, Cristiano ágilmente extendió su mano y asió la espada diciendo, "Tú, enemigo mío, no te huelgues de mí; porque aunque caí, he de levantarme" (Miqueas 7:8). Al decir esto le dio a Apolión un golpe mortal que le obligó a retroceder. "Antes, en todas estas cosas hacemos más que vencer por medio de Aquel que nos amó" (Rom. 8:37), clamó Cristiano y se lanzó otra vez sobre él.

Apolión huye.

Derrotado, Apolión abrió sus alas de dragón y desapareció volando. Por una temporada Cristiano no lo volvió a ver más.

Cristiano da las gracias.

Miéntras la lucha duraba Cristiano había tenído
una expresión ceñuda y concentrada. Solamente cuando había logrado herir al monstruo con su espada de
dos filos se sonrió y levantando sus ojos al cielo dijo:
"Gracias a Aquel que me libró de la boca del león y
me ayudó contra Apolión."

Las heridas de Cristiano son curadas.

Entonces una mano se le acercó con hojas del árbol de la vida. Cristiano las tomó y las puso sobre las heridas que había recibido en la lucha, y fue sanado inmediatamente.

Cristiano satisface su apetito.

Luego se sentó a comer el pan y beber el vino
que le habían dado, y sintiéndose reconfortado reanudó
su viaje con la espada en su mano "porque," dijo,
"algún otro enemigo puede estar cerca." Pero no
volvió a encontrarse con Apolión en el Valle de la
Humillación.

El Valle de la Sombra de Muerte.

Vi en mi sueño que Cristiano llegó al borde de
otro valle llamado el Valle de la Sombra de Muerte.
Aquí dos hombres que se volvían de prisa le dieron un
informe pésimo de los peligros que le esperaban: "El
Valle mismo es obscurísimo," dijeron. "También vimos
horribles demonios y dragones del abismo, y oímos el
continuo gemir y gritar de la gente en desgracia." Pero
Cristiano replicó: "A pesar de lo que decís este debe
ser el camino al puerto deseado."

Cristiano entra en el valle.

Entonces vi que la senda por el Valle de la Sombra de Muerte estaba bordeada a la derecha por un pantano fangoso y a la izquierda por una zanja profunda. La senda era muy estrecha; al tratar de evitar la zanja por un lado corría peligro de hundirse en el fango por el otro. A mitad del valle, Cristiano llegó a la boca del Infierno, que arrojaba fuego y humo y rugía con odiosos ruidos de demonios.

Una nueva arma: "Oración Constante."

Aquí Cristiano tuvo que poner la espada en la vaina y sacar otra arma llamada "Oración Constante" (Efesios 6:18). Por lo tanto oró: "Oh, Señor, te ruego que libres mi alma." Pero los demonios invisibles parecían acercarse más y más. Cuando estaban casi encima de él, clamó con voz poderosa: "¡Caminaré en la fuerza del Señor Dios!" Al oir esto los demonios se detuvieron y no se acercaron más.

Cristiano pasa revista a su viaje.

Al llegar la mañana Cristiano miró hacia atrás para ver los peligros que había pasado en la obscuridad. Vio claramente la profunda zanja a un lado y el pantano al otro, y también qué estrecha era la senda entre los dos. A lo lejos vio a los repugnantes demonios y dragones, pero éstos no se atrevían a acercarse al despuntar el día.

Cristiano ve a Fiel.

Cristiano siguió en su camino hasta que llegó a
un pequeño collado en el valle, desde donde podía
divisar todo el paisaje alrededor. Viendo a Fiel más
adelante comenzó a llamarle, "¡Espérame!" pero Fiel
le contestó: "No me atrevo a detenerme pues el
vengador de la sangre me persigue."

Cristiano hace alarde de su velocidad.

Cristiano se disgustó al oir esto y corrió con todas sus fuerzas hasta que lo pasó a Fiel. Sonriéndose con superioridad y olvidándose de mirar donde caminaba, tropezó y se cayó.

Fiel le ayuda.

Viéndolo caer Fiel corrió y le ayudó a levantarse. De aquí en adelante siguieron juntos en amor fraternal, hablando de las cosas que les habían ocurrido durante su peregrinaje.

Hablando juntos siguen su camino hacia Sión.

CRISTIANO: ¿Cuánto tiempo te quedaste en la Ciudad de Destrucción después que yo me fui?

FIEL: Hasta que no pude soportar más. Había pensado salir contigo, pero saliste antes de lo que esperaba y tuve que emprender el camino solo.

CRISTIANO: ¿Sabes algo del vecino Flexible?

FIEL: Desde que se volvió muchos de los vecinos se han burlado de él y le han despreciado.

CRISTIANO: ¿No hablaste con él antes de salir?

FIEL: Lo encontré una vez en la calle, pero se cruzó al otro lado como si tuviera vergüenza de lo que había hecho.

Fiel le relata su encuentro con Licenciosa.

FIEL: Yo no me caí en el pantano del Desaliento como tú, y tampoco tuve que enfrentar peligros en el camino hacia la puerta estrecha, pero me encontré con una mujer llamada Licenciosa. Con labios lisonjeros me prometió toda clase de placeres, pero yo cerré mis ojos para no ser atraído. Ella me insultó pero yo seguí mi camino.

Adam tienta a Fiel.

CRISTIANO: ¿Encontraste otros peligros?

FIEL: Cuando llegué al pie del Collado de la Dificultad me encontré con un hombre muy viejo quien me dijo que se llamaba Adam, de la ciudad del Fraude. Me pidió que fuera a vivir con él y que me nombraría su heredero.

Las tres hijas de Adam sirven manjares.

FIEL: Le pregunté qué clase de hogar tenía y qué sirvientes mantenía. Me dijo que a su mesa se servían toda clase de manjares delicados, y que sus sirvientes eran sus tres hijas: La Concupiscencia de la Carne, La Concupiscencia de los Ojos y la Soberbia de la Vida (la. Juan 2:16). También me dijo que podía casarme con las tres si yo quería. Al principio me sentí tentado a irme con él, pero luego cambié de opinión.

135

Adam maldice a Fiel.

Fiel: Repentinamente me di cuenta que si se apoderaba de mí me vendería como esclavo. Por lo tanto, le mandé que dejara de hablarme pues nunca iría a su casa. Entonces me maldijo y dijo que iba a mandar alguien para afligirme. Al volverme para seguir mi camino, me asió y me dio un tirón tan fuerte que creí que me destrozaba. Esto me hizo exclamar: "¡Miserable hombre de mí!" (Rom. 7:24). Finalmente pude continuar mi camino hacia arriba.

"Un hombre me alcanzó."

FIEL: Cuando estaba a mitad de la cuesta, miré alrededor y vi a un hombre que me seguía tan rápido como el viento. Me alcanzó justamente cuando llegaba a la glorieta.

"Me golpeó y me echó por tierra."

FIEL: El hombre se me acercó y con un latigazo me
echó por tierra donde quedé como muerto. Cuando me
recobré le pregunté: "¿Por qué me has tratado tan cruelmente?" El me contestó: "Debido a tu atracción secreta
hacia Adam." Al decir esto me dio otro golpe en el pecho
y me echó por tierra de nuevo. Cuando reviví clamé:
"¡Ten misericordia de mí y perdona mi vida!" Sin duda
hubiera terminado conmigo a no haberse presentado uno
que le mandó desistir.

Fiel reconoce a su benefactor.

CRISTIANO: ¿Quién era el que le mandó detenerse?

FIEL: Al principio no lo reconocí, pero al pasar cerca de mí vi las marcas de los clavos en sus manos y me di cuenta que era nuestro Señor.

CRISTIANO: El que te alcanzó era Moisés. El no perdona a nadie y no tiene ninguna misericordia con los que quebrantan la Ley.

Descontento.

CRISTIANO: Dime, ¿te encontraste con alguien en el Valle de la Humillación?

FIEL: Sí, me encontré con Descontento, quien trató de persuadirme que me volviera con él. Me dijo que el Valle de la Humillación no tenía honores de ninguna clase. Yo le contesté: "Antes del honor viene la humildad y la soberbia antes de la caída" (Prov. 15:33; 16:18). "Yo prefiero escuchar a los sabios de antaño y elegiré más bien la humildad que lo que tú llamas honores."

Vergüenza acosa a Fiel.

CRISTIANO: ¿Te encontraste con alguien más en aquel valle?

FIEL: Sí, con Vergüenza, un hombre con el rostro más insolente que haya visto en toda mi vida. Por cierto que el nombre no le cuadraba. Me dijo que era algo bajo y furtivo para un hombre el ocuparse de religión, y que todos los peregrinos en el camino celestial son gente baja, inferior. Entre otras cosas me dijo que era una vergüenza el pedir perdón o hacer restitución.

141

Fiel contesta.

CRISTIANO: ¿Qué le dijiste?

FIEL: Al principio no se me ocurría qué contestarle, pero me acordé de que "lo que los hombres tienen por sublime, delante de Dios es abominación" (Luc. 16:15). Entonces dije: "Aquellos que se hacen necios por amor al reino de los cielos son en realidad los más sabios. Si dejo a mi Señor y te sigo a ti, ¿cómo me atreveré a mirarle al rostro cuando El venga?"

Aquí viene Locuaz.

Noté luego en mi sueño, a medida que proseguían, que Fiel miró hacia el costado y vio a un hombre llamado Locuaz que caminaba cerca. Fiel se le acercó y le dijo: "Amigo, ¿tú también vas al país celestial?"

"Sí," dijo Locuaz, "yo también voy al mismo lugar."

"Vayamos juntos," dijo Fiel, "y pasemos el tiempo hablando de asuntos edificantes.

Cristiano aconseja a Fiel.

Después de haber conversado un rato con Locuaz, Fiel se volvió hacia Cristiano y le dijo en voz baja: "Qué compañero tan valiente tenemos."

Pero Cristiano le contestó: "Déjame que te cuente acerca de ese individuo. Yo le conozco bien porque es de nuestra ciudad. Su nombre es Locuaz, el hijo de Habla-Bien, y vive en el Paseo de los Charlatanes. Tiene una lengua muy hábil, y está lleno de palabras delicadas, pero la religión no tiene lugar en su corazón."

Fiel: Entonces estoy completamente engañado con este hombre. ¿Cómo nos libraremos de él?

Cristiano: Te daré una idea. Comienza una conversación sobre un asunto serio, y entonces pregúntale sin ambages si su fe es real o simplemente de palabra. Encontrarás que estará tan hastiado de ti como tú lo estás de él.

Fiel pone a prueba a Locuaz.

Fiel entonces se apartó y comenzó a hablar con
Locuaz, diciendo: "¿Qué tal van las cosas?"

Locuaz: Bien, gracias. Yo pensaba que para este
tiempo nosotros habríamos tenido una larga conversación.

Fiel: Si tú lo deseas, hablemos de lo siguiente: ¿Cómo
se muestra la gracia de Dios en el corazón humano?

145

Discuten sobre el pecado y la gracia.

LOCUAZ: Esa es una buena pregunta. En primer lugar, la gracia produce un gran clamor contra el pecado.

FIEL: Creo que más bien deberías decir que hace que el alma odie el pecado.

Locuaz falla en la prueba.

Locuaz: ¿Por qué? ¿Qué diferencia hay entre clamar contra el pecado y odiarlo?

Fiel: Mucha. He oído a muchos clamar contra el pecado en el púlpito pero lo abrigan en el corazón y en el hogar. ¿Es tu religión solamente de palabra o es de hecho y en verdad?

Locuaz enrojeció visiblemente y preguntó: "¿Por qué me haces tal pregunta?"

Fiel y Locuaz se separan.

FIEL: Porque tú estás tan dispuesto a hablar. Sin embargo, para ti tanto el beber, como la avaricia, el jurar, el mentir y la religión, todos van juntos.

LOCUAZ: Desde el momento que estás tan listo para juzgarme, me doy cuenta que eres un pesimista malhumorado y que no se puede hablar contigo, así que me despido. ¡Adios!

"Apártate de los tales."

Cristiano se acercó entonces y le dijo a su hermano: "Yo te advertí lo que pasaría. Tus palabras y sus malos deseos no están de acuerdo. El más bien abandona tu compañía que reformar su vida. Nos ha ahorrado la molestia de librarnos de él, pues hubiera sido una mancha en nuestro medio. Además el apóstol Pablo dice: "Apártate de los tales" (Ia. Tim. 6:5).

Cristiano alaba a Fiel.

FIEL: Me alegro que tuve esta conversación con él. Yo le he hablado bien claramente; si él se niega a arrepentirse yo estoy libre de su sangre.

CRISTIANO: Hiciste muy bien en hablarle tan claramente. Ojalá que todos los hombres hablaran en esa forma pues entonces aprenderían a ser sinceros, o de lo contrario se sentirían incómodos en la compañía de los santos.

Caminan y hablan juntos.

Caminando y hablando los dos peregrinos hallaron el largo viaje agradable y provechoso. De lo contrario, hubiera sido tedioso ya que estaban pasando a través de un desierto.

Se encuentran con Evangelista.

Cuando estaban a punto de salir del desierto, se les ocurrió mirar hacia atrás y divisaron una figura familiar: "¡Oh, mi buen amigo Evangelista!" exclamó Cristiano.

EVANGELISTA: Paz a vosotros, mis amigos. ¿Cómo os ha ido desde la última vez que nos vimos?

Cristiano y Fiel le contaron todo lo que les había ocurrido.

EVANGELISTA: Qué contento estoy, no de que hayáis pasado dificultades sino de que salisteis victoriosos. Una corona incorruptible está delante de vosotros. Corred de manera que la obtengáis. Ante todo mirad bien a vuestros propios corazones y poned vuestros rostros como pedernales. Tenéis todo el poder en el cielo y en la tierra a vuestro lado.

Evangelista les advierte de los peligros que les esperan.

CRISTIANO: Gracias, Evangelista, por tus palabras de aliento. Como tú tambien eres un profeta, cuéntanos algo más sobre el camino que resta y cómo podemos resistir y vencer los peligros.

EVANGELISTA: Mis hijos, vosotros habéis oído que es menester que por muchas tribulaciones entréis en el reino de Dios (Hechos 14:22). Como podéis ver, ya estáis casi fuera del desierto. Pronto llegaréis a una ciudad donde seréis atacados por los enemigos que tratarán de mataros, y uno o ambos sellaréis vuestro testimonio con sangre. Pero sed fieles hasta la muerte y el Rey os dará una corona de vida (Apoc. 2:10).

Los peregrinos se acercan a la Feria de la Vanidad.

Después vi en mi sueño que al salir del desierto llegaron a la ciudad de Vanidad. En esta ciudad hay una feria llamada la Feria de la Vanidad.

Aquí se venden vanidades.

Ahora bien, la Feria de la Vanidad no es un negocio nuevo. Mucho tiempo atrás Beelzebub, Apolión y Legión, viendo que los peregrinos en camino a la Ciudad Celestial debían pasar por medio de la ciudad, tramaron la erección de una feria permanente en la cual se vendieran vanidades tales como "honores mundanos" y "delicias carnales."

Los peregrinos se ven envueltos en un gran alboroto.

A medida que los peregrinos se acercaban a la feria, la gente comenzó a alborotarse. Como la vestimenta de los peregrinos era diferente a la de los ciudadanos de aquella ciudad, todos los miraban con insistencia pensando que eran tontos o locos. Además, como hablaban el idioma de Canaán les parecían bárbaros a los hombres de este mundo que estaban a cargo de la feria.

Los peregrinos rechazan las vanidades de la feria.

Los peregrinos trataron con indiferencia los productos que se ofrecían en venta, y cuando los mercaderes los llamaban para que compraran, ellos decían, tapándose los oídos: "¡Aparta mis ojos que no vean la vanidad!"

Un mercader se burla de ellos.

Un mercader, notando su conducta, se burló de ellos diciendo: "¿Qué compraréis?" Ellos le miraron gravemente y le contestaron: "Compraremos la verdad." Esto le hizo despreciar a los peregrinos más que nunca.

La multitud se abusa de ellos.

Se armó tal tumulto en la calle que se perdió toda compostura y la multitud empezó a maltratar a los dos peregrinos. Algunos se burlaban, otros les reprochaban y otros decían a los demás que les golpearan. Al fin se informó de lo que pasaba al jefe de la feria

Son apresados e interrogados.

Cristiano y Fiel fueron dentenidos y sometidos a un interrogatorio. En respuesta a las preguntas que les hicieron, dijeron: "Somos peregrinos y extranjeros en el mundo y estamos en camino hacia nuestro propio país, Jerusalem Celestial."

Los examinadores los golpean.

Pero los examinadores, creyendo que eran locos o que estaban tratando de causar un alboroto, les golpearon y los ensuciaron con barro.

Los ponen en una jaula.

Después los pusieron en una jaula de hierro, exponiéndoles a la vergüenza pública. Allí permanecieron los dos, objeto de burlas y desprecio, sin que nadie les defendiera. El jefe de la feria se reía a carcajadas de todo lo que les pasaba.

Sus acusadores se pelean entre sí.

Pero los peregrinos soportaron todo pacientemente, devolviendo bien por mal y bondad por injuria. Algunos hombres en la feria, con menos prejuicios que los otros, empezaron a echar en cara a los demás su procedimiento. Pero éstos se volvieron encolerizados y en pocos minutos ambos grupos se habían trenzado en lucha.

Cristiano y Fiel son acusados de causar este disturbio.

"Azotadlos con varas."

También son encadenados.

Se ordena un juicio.

Pero Cristiano y Fiel se comportaron tan bien y
soportaron la vergüenza con tanta mansedumbre que
otros fueron ganadas para su causa. Esto enfureció al
grupo oponente en tal forma que determinaron que
los peregrinos deberían ser ejecutados. Por lo tanto,
se preparó un tribunal.

Fiel se prepara a defenderse.

Fueron traídos a juicio delante del juez Odia-lo-bueno. La acusación era la siguiente: "Estos hombres son enemigos del comercio y perturban la paz. Han causado divisiones en la ciudad y han conseguido atraer simpatizantes a su causa y a sus opiniones peligrosas, con absoluto desprecio de la ley de nuestro príncipe."

Pero Fiel se levantó y se defendió diciendo: "Solamente me he levantado contra aquello que se opone a la ley de Aquel que está muy por encima de cualquier otra autoridad. El príncipe de quien tú hablas es Satanás, el enemigo de nuestro Señor, y yo lo desafío a él y a todos sus diablos."

Los tres testigos.

El juez Odia-lo-bueno anunció que cualquiera que tuviera quejas contra los prisioneros debería presentarse y exponer la evidencia del caso. Por lo tanto, se presentaron tres testigos: Envidia, Superstición y Hambriento de Fama.

Fiel habla otra vez osadamente.

Estos tres hombres acusaron a Fiel de arruinar su negocio al decir que el Cristianismo y las costumbres de la Feria de la Vanidad no podían reconciliarse, y también por hablar en contra de su príncipe, Satanás, y sus amigos.

Pero Fiel se defendió otra vez osadamente, diciendo: "He sido acusado falsamente. Yo dije que todo aquello que es contra la Palabra de Dios es opuesto al Cristianismo, y que se requiere fe divina para adorar a Dios. En lo que se refiere al príncipe de esta ciudad y a su populacho, son más aptos para el infierno que para este lugar. Que el Señor tenga misericordia de mí."

El veredicto: ¡Culpable!

Entonces el juez requirió al jurado que presentaran su veredicto, ya sea para ejecutar a Fiel o para dejarlo en libertad. Los miembros del jurado eran: el Sr. Ceguedad, el Sr. Rechaza-lo-bueno, el Sr. Amador del Placer, el Sr. Libertinaje, el Sr. Orgullo, el Sr. Odia-la-luz, el Sr. Mentiroso, el Sr. Enemistad, el Sr. Cabezadura, el Sr. Crueldad, el Sr. Resentimiento, y el Sr. Malicia. Estos ya habían juzgado a Fiel en sus corazones, así que no tardaron mucho en volver con el veredicto: ¡Culpable!

Fiel es sentenciado a muerte.

El Juez Odia-lo-bueno ordenó que Fiel fuera
llevado al lugar de la ejecución para recibir la muerte
más cruel que su ley podía idear.

Desvisten a Fiel.

Lo azotan.

Lo abofetean.

Lo apedrean y lo tajean con cuchillos.

Lo hieren con espadas.

Lo queman a la estaca.

Por último lo ataron a una estaca y lo quemaron quedando sólo las cenizas. Así llegó Fiel al final de sus días.

Fiel llega a la Ciudad Celestial.

Entonces vi en mi sueño que, aunque Fiel había sido cruelmente quemado en la estaca, en el mismo momento de su muerte fue llevado hacia arriba a través de las nubes directamente a la puerta de la Ciudad Celestial.

179

Cristiano se escapa y Esperanzado se le une.

Cristiano fue llevado de vuelta a la prisión donde
permaneció por un tiempo. Pero Dios, que está por
encima de todo, arregló las cosas en tal forma que
Cristiano logró escapar y seguir su viaje. No estaba
solo, pues se le unió un hombre llamado Esperanzado,
quien había sido conmovido por el noble ejemplo de
los peregrinos.

Viajan juntos.

Los dos hombres hicieron un convenio hermanable de andar el camino celestial en compañía. Esperanzado le contó a Cristiano que había otros hombres en la Feria de la Vanidad que algún día también los seguirían.

Los peregrinos se encuentran con el Sr. Aprovechador.

Poco después de dejar la feria los dos peregrinos alcanzaron a un hombre en el camino y le preguntaron de dónde venía y adónde iba. "Vengo de la ciudad de Lenguaje Atrayente y voy a la Ciudad Celestial," contestó, pero no les dijo su nombre. Sin embargo, les contó que estaba relacionado con todas las familias ricas y nobles de Lenguaje Atrayente. "Nosotros diferimos en religión con algunos solamente en dos pequeños puntos," dijo. "Nunca luchamos contra viento y marea, y somos muy devotos cuando la religión camina con calzado de plata."

"¿Es Vd. el Sr. Aprovechador?"

Adivinando quién era, Cristiano le preguntó: "¿Es Vd. el Sr. Aprovechador?"

APROVECHADOR: Ese no es mi verdadero nombre; es un sobrenombre que me puso alguien que no me quería. Si me lleváis con vosotros encontraréis que soy un buen compañero.

CRISTIANO: Si tú vas con nosotros deberás ir contra viento y marea, y deberás aceptar la religión en harapos, lo mismo que en calzado de plata.

Otros tres se le unen a Aprovechador.

Pero Aprovechador rechazó estas condiciones y los dos peregrinos se separaron de él. Al dejarlos, notaron que otros tres se le unieron. Eran los Sres. Retenedor del Mundo, Amador del Dinero y Salvalotodo. Todos se saludaron con una profunda inclinación de cabeza y con palabras lisonjeras. Los cuatro habían sido compañeros de estudio en la escuela del Sr. Acaparador, quien les había enseñado a alcanzar el éxito por medio de la violencia, la adulación, la mentira o usando el disfraz de la religión.

Aprovechador y sus compañeros hablan sobre los peregrinos.

Aprovechador habló con sus compañeros sobre Cristiano y Esperanzado, diciendo: "No entienden cómo sacar provecho al cambiar con las épocas. Ellos no esperan el momento propicio sino que se lanzan en su viaje en toda clase de tiempo. Ellos lo arriesgan todo por Dios. En lo que a mí se refiere, yo creo que debo tomar precauciones para asegurar mi vida y propiedad. Yo profesaré la religión solamente mientras la época y mi seguridad personal lo hagan conveniente."

Interrogan a los peregrinos.

Alcanzando a los peregrinos los hombres les hicieron la siguiente pregunta: "Suponed que a un hombre se le ofrece la oportunidad de obtener las bendiciones de esta vida, pero para obtenerlas debe aparecer como que se ha vuelto muy religioso. ¿No puede disimular, y usar de este medio para alcanzar su propósito, y lo mismo ser un hombre honesto?"

Cristiano contestó: "Aun un niño en religión podría contestar diez mil preguntas como ésa. Si es indigno el seguir a Cristo por los panes, cuanto más abominable es hacer de la religión un medio para ganar y disfrutar de este mundo."

186

Cristiano y Esperanzado siguen adelante.

Los cuatro se quedaron mirándose unos a otros muy incómodos. No pudiendo contestar a Cristiano se quedaron atrás y dejaron a los peregrinos seguir adelante. Entonces dijo Cristiano a su compañero: "Si estos hombres no pueden resistir la sentencia de los hombres, ¿que será con la sentencia de Dios?"

Demas y la colina llamada Lucro.

Ahora Cristiano y Esperanzado rápidamente gana-
ron distancia, dejando a los cuatro detrás, y llegaron
a una colina llamada Lucro, la cual contenía una
mina de plata. Hacia un lado del camino estaba parado
un hombre llamado Demas (II Tim. 4:10) quien les
gritó: "¡Eh! Venid aquí y os mostraré una cosa."

Los peregrinos se rehusan a desviarse.

Los peregrinos no se dejaron tentar y siguieron adelante en su camino, pero Aprovechador y sus amigos al primer llamado se fueron hacia Demas y nunca se los vio más en el camino.

189

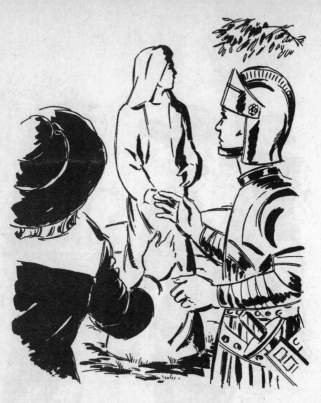

Los dos peregrinos hallan un monumento antiguo.

Vi que los peregrinos llegaron a un lugar donde se levantaba un monumento de forma extraña. Parecía como un pilar con la apariencia de una mujer. Sobre el mismo había una inscripción en una escritura antigua que Cristiano pudo descifrar. Decía: "Acordáos de la mujer de Lot." Ambos llegaron a la conclusión de que este era el pilar de sal en que la mujer de Lot se había convertido, al mirar atrás con un corazón codicioso, cuando huían de la antigua Sodoma.

Los peregrinos llegan a un río placentero.

Vi que siguieron en su camino hasta llegar a un río placentero. Como el camino era paralelo a este río, Cristiano y su compañero caminaron con gran placer. Bebieron del agua cristalina, probaron las muchas frutas que allí había, y durmieron seguros en una verde pradera llena de fragantes lirios.

Se desvían y entran en un atajo.

Sintieron mucho cuando tuvieron que alejarse de
la ribera y debieron volver a la carretera tosca y cubier-
ta de piedras. Se sintieron muy desanimados, pues sus
pies estaban doloridos a causa del largo camino. Anhe-
laban un camino más fácil. Un poco más adelante,
hacia la mano izquierda había una pradera de magnífi-
co verdor, llamada Pradera del Desvío. Viendo una
senda llena de césped que corría a lo largo de la pradera, paralela al camino, no pudieron resistir la tenta-
ción de seguirla.

Confianza Vana.

Esta senda resultaba muy fácil para sus pies, y andaron a lo largo de ella muy felices y sin cuidados hasta que se encontraron con un hombre llamado Confianza Vana. Este les dijo que la senda llevaba a la Ciudad Celestial, así que ellos le siguieron. Pero ¡oh! la noche llegó y el cielo se oscureció. Confianza Vana caminando delante de ellos se equivocó y cayó en una profunda sima, estrellándose contra el fondo.

193

Perdidos en la tormenta.

Los dos peregrinos llamaron a Confianza Vana, pero sus gemidos fueron la única respuesta. Luego comenzó a llover y a tronar; los relámpagos se sucedían en forma aterradora y el agua subía rápidamente. Buscaron y buscaron pero no podían hallar el camino de vuelta a la carretera principal. Pronto aprendieron que era más fácil salirse del camino que volver a él.

Se quedan dormidos.

Al final llegaron a un pequeño refugio donde se sentaron hasta el amanecer; hallándose tan cansados se durmieron.

Capturados por el gigante Desesperación.

No lejos de allí estaba el Castillo de la Duda, donde vivía el enorme y terrible gigante Desesperación. En una de sus caminatas por el campo, el gigante descubrió a Cristiano y Esperanzado. Con voz destemplada y ruda les mandó despertarse.

El gigante los lleva al Castillo de la Duda.

Cuando el gigante les exigió que le dijeran qué hacían en su propiedad, ellos le contaron que eran peregrinos que habían perdido el camino. El gigante Desesperación entonces los tomó violentamente por violar su propiedad, y a empujones los metió en el Castillo de la Duda.

Los encierra en un calabozo.

El gigante los encerró en un calabozo donde pasaron tres días y tres noches durmiendo sobre el piso de piedra y respirando el aire viciado. Fueron dejados allí sin un bocado de alimento o una gota para beber. No viendo ninguna esperanza de liberación comenzaron a desesperarse.

El gigante busca el consejo de su mujer.

Después que el gigante se fue a la cama, le contó a su mujer Sin Fe que había tomado dos prisioneros y los había echado en el calabozo por violar su propiedad. Ella le aconsejó que los azotara sin misericordia.

Los peregrinos son azotados sin misericordia.

A la mañana siguiente el gigante Desesperación bajó al calabozo y les azotó tan cruelmente que no podían moverse y ni siquiera darse vuelta en el suelo. Pero ellos soportaron el sufrimiento sin decir una palabra.

200

Sin Fe dice: "*Mándales que se destruyan a sí mismos.*"

A la noche siguiente, cuando se enteró de que los prisioneros todavía estaban vivos, Sin Fe aconsejó a su marido que les mandara que se suicidaran. De modo que el gigante Desesperación fue otra vez a verlos y les dijo con voz ruda que probablemente nunca saldrían de allí vivos y que lo mejor que podían hacer era matarse.

Cristiano y Esperanzado se consuelan uno al otro.

Pero Cristiano y Esperanzado trataron de consolarse uno al otro, y así continuaron otro día en su condición lamentable.

Sin Fe entonces aconsejó a su marido que los llevara al patio del castillo para mostrarles los huesos y las calaveras de aquellos que habían sido muertos por haber entrado en su propiedad.

Los peregrinos ven las calaveras.

Aunque aterrorizados ante el terrible espectáculo, los dos peregrinos se negaron a matarse, así que el gigante Desesperación los arrojó de vuelta en el calabozo y otra vez consultó con su mujer. "Me temo," dijo ella, "que tienen una ganzúa por medio de la cual piensan escaparse."

"Les revisaré por la mañana," dijo el gigante.

La llave llamada Promesa.

De vuelta en el calabozo, de repente Cristiano exclamó: "¡Oh! ¡Ahora me acuerdo que tengo una llave llamada Promesa! Creo que abrirá cualquier cerradura en el Castillo de la Duda."

"Sácala y prueba," dijo Esperanzado.

204

Cristiano usa la llave.

Cuando Cristiano probó la llave en la puerta del calabozo, ésta se abrió de par en par con toda facilidad, y Cristiano y Esperanzado se deslizaron afuera. Sin embargo, el abrir el gran portón de hierro era desesperadamente difícil. Cuando finalmente se abrió, chirrió tan fuerte que despertó al gigante Desesperación.

El gigante no puede perseguirlos y los
peregrinos se escapan.

El gigante se levantó de un salto pero sus piernas
cedieron y se desplomó en el suelo con un ataque tal
que no pudo salir en persecución de los peregrinos.
Estos se escaparon y llegaron a la carretera principal,
donde una vez más se encontraban a salvo.

Levantan un pilar.

Cuando Cristiano y Esperanzado volvieron a pasar por el lugar donde se desviaron, quisieron advertir a otros peregrinos para que no cayeran en manos del gigante Desesperación. Decidieron levantar un pilar con una inscripción: "Este desvío conduce al Castillo de la Duda, a cargo del gigante Desesperación, quien desprecia al Rey del país celestial, y busca destruir a sus santos peregrinos."

Frutos y flores en las Montañas Deleitosas.

Los dos peregrinos continuaron su viaje hasta que llegaron a las Montañas Deleitosas, las cuales pertenecían al Señor del Palacio Hermoso. Aquí se pasearon a su gusto, admirando los hermosos jardines y probando las deliciosas frutas.

Se encuentran con cuatro pastores.

En la cumbre de las montañas había pastores con sus rebaños. Estos eran Conocimiento, Experiencia, Vigilante y Sincero. Los peregrinos les preguntaron acerca de las montañas, y les contaron sus experiencias. Tomando a los peregrinos de la mano los pastores los llevaron a sus tiendas. Luego les rogaron que comieran del alimento que tenían preparado y que se quedaran por un tiempo en las Montañas Deleitosas.

209

Los peregrinos visitan el Monte Error.

A la mañana siguiente los cuatro pastores invitaron a los peregrinos a caminar con ellos por las montañas. Después de haber caminado por un tiempo, disfrutando del hermoso paisaje, llegaron a la cumbre de una colina llamada Error. Mirando hacia abajo vieron los huesos de los hombres que se habían matado al caer desde un peñasco en la parte distante de la montaña.

"¿Qué significa esto?" preguntó Cristiano.

Los pastores contestaron: "Estos son los huesos de los que se volvieron de la verdad y así se despeñaron en el precipicio encontrando la muerte."

Vista desde el Monte Cautela.

Luego los pastores los llevaron a la cumbre del Monte Cautela. Desde allí podían ver ciertos hombres en la distancia vagando entre las tumbas como ciegos.

"¿Qué significa esto?" preguntó Cristiano.

"Un poco más abajo en estas montañas, no viste un pasaje que conduce a una pradera cercana? Ese pasaje lleva al Castillo de la Duda. Esos hombres que ves allí habían comenzado su peregrinaje, pero debido a que el camino principal era escabroso se apartaron hacia la pradera y fueron capturados por el gigante Desesperación. Este los enceguació y los llevó entre las tumbas donde todavía siguen vagando.

211

Lágrimas de recuerdo.

Cristiano y Esperanzado se miraron uno al otro
con lágrimas en sus ojos, pero no dijeron nada.

Un atajo hacia el Infierno.

Entonces vi que los pastores les condujeron a una
puerta al pie de una colina. Abriendo la puerta les
mandaron mirar adentro. Los peregrinos vieron un
foso obscuro de donde se levantaban columnas de humo
y el ruido del fuego. Sintieron el olor del azufre y los
gritos de los atormentados.

"¿Qué es esto?" preguntó Cristiano.

"Esta es la puerta de los hipócritas, el atajo hacia el
Infierno," contestaron los pastores.

Los peregrinos miran a través del telescopio.

A todo esto los peregrinos estaban deseosos de seguir adelante, así que los pastores los acompañaron hasta un alto cerro llamado Claridad. Allí los pastores dijeron, "Mostrémosles las puertas de la Ciudad Celestial con nuestro telescopio." Cuando los peregrinos trataron de mirar por el telescopio, sus manos temblaban tanto que no podían ver bien. Sin embargo, les pareció distinguir las puertas y también algo de la gloria de aquel lugar.

Los consejos de los pastores al despedirse.
Al despedirse, uno de los pastores les dio un mapa
del camino, otro les dijo que tuvieran cuidado con
Adulador, otro les advirtió de no dormirse en el Campo
Encantado, y el cuarto les deseó la bendición de Dios.

Ignorancia.

Entonces vi a los dos peregrinos bajando la montaña. Al pie de la misma, hacia la izquierda está la ciudad de Presunción de donde sale un sendero torcido que se une a la carretera principal. Aquí se encontraron con Ignorancia, un muchacho muy avivado que venía de aquella ciudad. Por cierto que era completamente ignorante de la verdad, pero era muy presuntuoso y creía que lo sabía todo. Cristiano y Esperanzado trataron en vano de persuadirle. Sin embargo, el muchacho siguió con ellos.

El Sr. Vuelve-atrás.

Después de un tiempo los dos peregrinos entraron
en un sendero muy obscuro. Aquí vieron a un hombre
al cual siete demonios lo tenían amarrado con siete
cuerdas muy fuertes y lo arrastraban hacia la puerta
que se abría sobre el foso. Se trataba de Vuelve-atrás,
quien vivía en la ciudad Apostasía. El buen Cristiano y
Esperanzado empezaron a temblar.

217

Poca Fe atacado por tres fornidos bribones.
Cristiano cuenta lo que pasó con Poca Fe al ser
atacado por tres maleantes: Desconfianza, Corazón
Cobarde y Culpa. Gracia Abundante, de la ciudad de
Buena Confianza, atemorizó a los ladrones haciéndolos
huir.

El hombre negro con vestidura blanca.

Continuaron así, seguidos de Ignorancia, hasta que llegaron a un lugar donde el camino se dividía en dos. Los peregrinos estaban indecisos no sabiendo cuál de los dos tomar. Un hombre negro con vestidura blanca se les acercó y les preguntó qué hacían allí parados.

"Seguidme," dijo el hombre.

Cuando le contaron su problema él les dijo:
"Seguidme, yo también voy a la Ciudad Celestial."

Los desvía del camino.

Ellos le siguieron, pero la senda que él eligió daba tantas vueltas que muy pronto estaban de espaldas a la Ciudad Celestial.

Envueltos en una red.

Antes de que pudieran darse cuenta, les condujo a una red, dentro de la cual se encontraron tan envueltos que no sabían qué hacer. De pronto el hombre se despojó de su vestidura blanca y se dieron cuenta que habían sido engañados. Pero no podían salir de la red, y se quedaron allí por largo tiempo llorando.

Entonces dijo Cristiano, "¿No nos advirtió el pastor que tuviéramos cuidado de Adulador? Hemos probado que las palabras del sabio son ciertas: "El hombre que lisonjea a su prójimo, red tiende delante de sus pasos" (Prov. 29:5).

El Ser Resplandeciente, con un látigo.

Después de mucho tiempo vieron a uno de brillante apariencia que venía hacia ellos con un látigo de pequeñas cuerdas en su mano. Este ser resplandeciente rompió la red y los puso en libertad. Luego dijo: "Ese hombre que habéis seguido era el Adulador, un falso apóstol transformado en un ángel de luz (II Cor. 11:13, 14).

Les azota con vigor.

Después les mandó encorvarse y les azotó con vigor
para enseñarles a no apartarse otra vez. Luego les dijo:
"Seguidme para que os pueda colocar de nuevo en el
camino verdadero."

El Sr. Ateo.

Un poco más tarde vieron venir hacia ellos un
hombre llamado Ateo. Este les preguntó adónde iban.
"Vamos hacia el monte Sión," dijo Cristiano.

Ateo ridiculiza su fe.

Ateo se echó a reír a carcajadas y dijo: "¡No hay en este mundo un lugar como el que vosotros soñáis!"

"Pero sí lo hay en el mundo venidero," dijo Cristiano.

"Yo he buscado ese lugar por mucho tiempo, pero no lo he hallado," dijo Ateo. "Me vuelvo ahora a las cosas que había arrojado a un lado con la esperanza de aquello que no he encontrado."

Sabiendo que estaba cegado por el dios de este mundo, Cristiano y Esperanzado lo dejaron y continuaron su camino.

Pesados y soñolientos — Terreno Encantado.

El próximo lugar adonde llegaron fue el Terreno
Encantado. Debido a la pesadez del aire, Esperanzado
comenzó a sentirse apagado y con sueño, y sugirió que
se echaran un sueñito. Pero Cristiano le recordó la
advertencia del pastor, de no dormirse aquí y permanecer vigilantes y sobrios. Por lo tanto, a fin de mante-
nerse despiertos se pusieron a comentar sobre la forma
en que Dios había obrado en sus vidas.

Ignorancia los sigue.

Hablan con Ignorancia.

CRISTIANO: Apúrate hombre, ¿por qué te quedas atrás?

IGNORANCIA: Me gusta caminar solo.

CRISTIANO: ¿Cómo está el asunto de tu alma delante de Dios?

IGNORANCIA: Tengo buenos pensamientos, un buen corazón y una buena vida de acuerdo con el mandamiento de Dios.

"La Palabra de Dios dice. . ."

CRISTIANO: La Palabra de Dios dice: "No hay justo, ni aun uno" (Rom. 3:10). Tu nombre es Ignorancia porque ignoras la justicia de Cristo y el resultado de la fe salvadora.

IGNORANCIA: Nunca creeré que mi corazón sea malo. Vuestra fe no es la mía, pero la mía es tan buena como la vuestra.

"No puedo seguiros."

CRISTIANO: Nadie puede conocer a Jesucristo a no ser por la revelación de Dios el Padre. ¡Despiértate! ve tu propia miseria y corre hacia el Señor Jesús. Por su justicia tú serás librado de la condenación.

IGNORANCIA: Vosotros vais muy de prisa; no puedo seguiros. Id adelante, yo debo quedarme atrás por un tiempito.

Los peregrinos entran en la tierra de Beulah.

A todo esto ya habían salido de la Tierra Encantada y entrado en la tierra de Beulah donde el aire era dulce y agradable. Aquí oían continuamente el canto de los pájaros y veían el suelo cubierto de flores. Aquí tambián el sol brillaba día y noche.

Ya avistan la ciudad.

Se dieron cuenta que ahora ya estaban a la vista de la ciudad y se encontraron con muchos Seres Resplandecientes caminando por los jardines. Aquí no tenían necesidad de nada por cuanto encontraron en abundancia todo lo que habían buscado durante su peregrinaje.

Se acercan a la ciudad.

Se fueron acercando a la ciudad y vieron entonces que estaba edificada de perlas y piedras preciosas y que las calles estaban pavimentadas de oro. Oyeron voces que venían de la ciudad y decían: "He aquí tu salvación se acerca; he aquí su galardón consigo."

"*¿De quién son estos jardines?*"

Al acercarse más y más encontraron huertas, viñedos y jardines. "¿De quién son estos jardines?" preguntaron al jardinero que andaba por allí. Este les contestó, "Pertenecen al Rey y se hallan aquí para su delicia y para el bienestar de los peregrinos."

235

Los peregrinos duermen.

El jardinero los introdujo con placer en los viñedos y les mandó que disfrutaran de los frutos que allí había. También les mostró los senderos del Rey y las glorietas donde El se deleitaba estar. Aquí se detuvieron y se durmieron.

La gloria de la ciudad.

Luego vi que cuando se despertaron reanudaron el viaje. Sin embargo, los reflejos del sol sobre la ciudad de oro puro eran tan gloriosos que no podían mirarla de frente.

Dos hombres en vestiduras resplandecientes.

A medida que proseguían dos hombres vinieron
a su encuentro. Estaban vestidos con ropa que brillaba
como el oro y sus rostros tenían el brillo de la luz. Estos
hombres les preguntaron de dónde venían. Cuando
oyeron la respuesta, dijeron: "Tenéis solamente dos
dificultades más que vencer, y luego estaréis en la
ciudad." Los dos hombres acompañaron a los peregrinos hasta que llegaron a la vista de la puerta.

Entran en el agua.

Un río separaba a los peregrinos de la puerta. No había ningún puente y el agua era muy profunda. Los peregrinos quedaron aturdidos ante lo que veían, pero los hombres que les acompañaban dijeron: "Debéis pasar por las aguas o no podréis entrar por la puerta." Obedeciendo estas palabras Cristiano y Esperanzado entraron en el río con temor y temblor.

Cristiano comienza a hundirse.

A medida que las aguas subían Cristiano sintió que se hundía y gritó a su compañero: "¡Me hundo en aguas profundas; las olas pasan sobre mi cabeza!"

Esperanzado anima a Cristiano.

"¡Anímate, mi hermano," le gritó Esperanzado. "¡Puedo tocar el fondo y es firme!"

Pero Cristiano replicó: "¡Oh, mi amigo, las penas de la muerte me envuelven! ¡No veré la tierra que destila leche y miel!" Entonces una obscuridad horrorosa cayó sobre él.

Cristiano se desvanece de miedo.

El corazón de Cristiano se desmayó ante el temor
de hundirse en el río y nunca entrar en la Ciudad
Celestial; ya no podía acordarse ni hablar de gracia
y paz.

Salvo al otro lado.

Por un tiempo Esperanzado hizo todo lo que pudo
para mantener la cabeza de su hermano a flote. Cristiano no se reanimó hasta que oyó a Esperanzado
decir: "¡Jesucristo te sana!" Entonces ambos cobraron
coraje y pronto llegaron al otro lado y se hallaron sobre
tierra firme. Allí vieron a los dos Seres Resplandecientes
esperándolos. Saludaron a los peregrinos y dijeron:
"Somos espíritus administradores enviados por el Señor
para ayudar."

La Ciudad Celestial por delante; la armadura queda atrás.

Ahora vi en mi sueño que la Ciudad Celestial estaba sobre una colina. Los peregrinos subieron con facilidad, pues tenían los dos Seres Resplandecientes para guiarlos.

Las huestes celestiales vienen a su encuentro.

A medida que se acercaban a la puerta, he aquí una compañía de las huestes celestiales vinieron a su encuentro. Los Seres Resplandecientes les dijeron: "Estos son los hombres que amaron a nuestro Señor cuando estaban en el mundo y lo han dejado todo por su santo nombre."

Los trompeteros del Rey.

En esta ocasion también salieron a su encuentro
varios de los trompeteros del Rey, quienes hicieron
resonar los ámbitos celestiales con el eco de su melodio-
sa música. Estos saludaron a Cristiano y su compañero
con miles y millares de bienvenidas. Así llegaron los
peregrinos a la puerta.

Enoc, Moisés y Elías.

Entonces vi que los Seres Resplandecientes le mandaron que llamaran a la puerta, y cuando así lo hicieron, Enoc, Moisés y Elías miraron por sobre el muro. A ellos se les dijo: "Estos peregrinos han viajado hasta aquí por el amor que tienen hacia el Rey."

Entregan sus certificados.

Los peregrinos entregaron sus certificados que habían recibido en la puerta estrecha. Los certificados fueron llevados al Rey. Cuando los hubo leído dijo: "¿Dónde están estos hombres?"

"Están afuera a la puerta," le dijeron.

Entonces el Rey ordenó que se abrieran las puertas y que los metieran adentro.

Reciben arpas y coronas.

Vi ahora en mi sueño que Cristiano y Esperanzado entraban, y he aquí al entrar fueron transfigurados y se les vistió de vestimentas que brillaban como el oro. También les dieron arpas y coronas. Oí todas las campanas de la ciudad repicar de gozo y les fue dicho: "Entrad en el gozo de vuestro Señor." También oí a los hombres mismos cantar en alta voz: "¡Bendición y honor, y gloria y poder para siempre jamás!" (Ap. 5:13).

Ignorancia cruza el río en un bote.

Al tornar mi mirada hacia atrás vi a Ignorancia llegar hasta la ribera del río. Lo cruzó facilmente por cuanto un botero, Vana Esperanza, le cruzó con su bote.

Ignorancia sube la colina.

Ignorancia también subió la colina y llegó a la
puerta, solamente que él llegó sin acompañamiento
y nadie le dio la bienvenida.

No tiene el certificado.

Cuando llamó a la puerta, los hombres que miraron sobre el muro le preguntaron; "¿De dónde vienes? ¿Qué quieres?"

El contestó: "He comido y bebido delante del Rey, y El ha enseñado en nuestras calles." Entonces le pidieron el certificado. Ignorancia buscó en su seno tratando de encontrarlo, pero no lo tenía.

Los Seres Resplandecientes hablan al Rey.

Los ángeles fueron adentro y contaron al Rey que
Ignorancia había llegado. Pero el Rey dijo: "Sacadlo
afuera, atado de pies y manos."

Ignorancia es atado y arrojado afuera.

Entonces ellos tomaron a Ignorancia y lo llevaron por el aire hasta la puerta que vi en la falda de la colina, y lo echaron adentro. Me di cuenta entonces que había un camino al infierno aun desde las puertas del Cielo."

Aquí me desperté y vi que era un sueño.

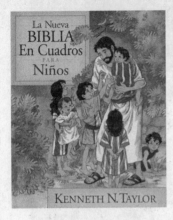

Los niños y sus padres disfrutarán mucho las nuevas y hermosas ilustraciones en esta edición.

Sin duda uno de los mejores libros para niños de nuestro tiempo.

Para edades de 4 a 8 años.

ISBN: 0-8254-1709-0 / tapa dura
Categoría: Biblias / Literatura infantil / Juvenil

Cuenta las historias más importantes de la Biblia a un nivel sencillo y fácil de entender.

Incluye 70 historias del Antiguo y Nuevo Testamento tales como: Dios hace el mundo; La mamá de Moisés lo esconde; Jesús ama a los niños.

Para edades de 1 a 4 años.

ISBN: 0-8254-1710-4 / tapa dura
Categoría: Biblias / Literatura infantil / Juvenil